西决

Memory in the City of Dragon I

笛安

著

人民文学出版社

图书在版编目(CIP)数据

西决/笛安著. —北京：人民文学出版社，2021（2023.4重印）
ISBN 978-7-02-015377-0

Ⅰ.①西… Ⅱ.①笛… Ⅲ.①长篇小说—中国—当代 Ⅳ.① I247.5

中国版本图书馆CIP数据核字(2020)第056660号

责任编辑　赵　萍　王昌改
装帧设计　崔欣晔
责任校对　王　璐
责任印制　任　祎

出版发行　人民文学出版社
社　　址　北京市朝内大街166号
邮政编码　100705

印　　刷　北京新华印刷有限公司
经　　销　全国新华书店等

字　　数　146千字
开　　本　880毫米×1230毫米　1/32
印　　张　6.375　插页3
版　　次　2021年1月北京第1版
印　　次　2023年4月第3次印刷

书　　号　978-7-02-015377-0
定　　价　42.00元

如有印装质量问题,请与本社图书销售中心调换。电话:010-65233595

许多年后
"龙城三部曲"新版序言

我跟我的编辑说，已经是第三版了，能不能放过我，我实在不知道序言又该写什么。她说，不能。于是，我还是得把一些话写在这里，在你们翻开这第三版的陌生封面之后，故事还是那个发生在龙城的故事，而许多年后的我，早就和这一版的封面一样，成了一个陌生人。

只要西决、东霓和南音还是熟悉的就好——此刻的我真的已经非常厌倦谈论自己的作品了，更何况，是谈论这部我无论怎样都绕不过去的"龙城三部曲"。我动笔开始写它的时候是十二年前，到结束的时候也是八年前的事了——不管我在这之前或之后都写过什么，很多人对我的记忆依然是关于龙城的郑家。这样挺好。其实有件事情是我自己没有意识到的，某天我跟朋友聊天的时候，她说"龙城的郑家"对她而言，是一个理想中的"Dream Family"，所以她愿意待在那里，就好像挨到了饭点热情的三叔三婶就会留她一起吃饭。热闹的一大家子人,小叔会在饭桌上转文,西决越来越像三叔那么沉默寡言,东霓会起劲地说别人的坏话,顺便跟陈嫣有事没事地杠一下,然后南音会在敏锐地嗅到战火气息的时候立即站在姐姐这一边,而三婶——就像所有宽容的母亲那样担心客人没有吃好。

能遇到这样的读者,是我此生的运气。这种运气让我对人生保留着一种基本的信念:我相信即使所有的意义都是自欺欺人,我也依然能平静地活下去的。自我并不重要,创造了什么也并没有青春时以为的那么重要——一滴水终归要消失于海洋,只有大海才是重要的。不过那片大海的重要性已存在于"我"的时间之外。做梦也未曾想到,恰恰是这么多年以来,所有读者们对我的接纳与期待,把我变成了一个——如此佛系的人。

我曾经非常喜欢在"龙城"系列的各种前言后记创作谈中,讲述那个"屠龙少女"的故事——这很做作,我知道,不过彼时的确是这点做作支撑着我度过艰难写作的无数个漫漫长夜。于我,写长篇小说,就像是学习一门屠龙之技。这个技法全部的秘密,存在于相信龙的确存在的人们之间——你说它像庞氏骗局我也无力反驳。如果你相信它,你就必须接受一个基本的设定,掌握了屠龙之技,就是要去杀龙的。我想也许终有一日,少女会在好不容易找到的龙的面前,放下屠刀,忘记所有的技法。也许是因为她已苍老,也许是因为——她突然在怀疑，屠龙究竟是为谁呢？如果说是为了救赎自我，她觉得她不配；如果说是为了守护这个世界，这个世界上大部分的芸芸众生，似乎也不配。

若真有那一日，"写作"还是否能称其为"写作"？就到时候再说好了。尤其是，经历了2020年以来的种种，愈发觉得，写作真的是件很小很小的事情。

如果你是在很多年前就看过"龙城"系列的老读者，谢谢你了。

如果你是新读者，祝阅读愉快。

2020年6月22日 北京

目 录

第一章	待你归来	1
第二章	你的终点很遥远	13
第三章	候鸟和飞蛾	21
第四章	若琳	35
第五章	你是我的江湖	51
第六章	谢谢你们曾经看轻我	69
第七章	我们的秘密	89
第八章	千山万水	105
第九章	钗头凤	119
第十章	新娘	133
第十一章	有人问我你究竟是哪里好	147
第十二章	我迷恋北方	169
第十三章	北北	187

"太阳依旧会升起,哪怕照耀的只是废墟。这是我在这人间想告诉你的,最重要的事情。"

第一章 待你归来

我们家乡每年年初都是寒冷的。感觉隆冬一直都没有过去，也似乎永远都不会过去了。冰冷的空气，清晨藏蓝的天空，还有下午四点就开始涌上来的暗沉沉的暮色，都会让人凭空生出一种时光流逝得非常缓慢的错觉。这便是冬天的好处。冬天里，一个人的心是静的。不像炎夏，从空调屋子里走出来，一抬脚便掉进地狱的火炉里。人整日汗流浃背，觉得自己怎么洗都脏，因此活得咬牙切齿，不大容易维持平静从容的表情。所以我们家的人，都比较喜欢冬天。

在这个因为清冷所以安然的北方冬天里，我的堂姐郑东霓在算计她那个身处美利坚合众国的倒霉男人；我的堂妹郑南音像很多人一样，被突如其来的雪灾莫名其妙地困在了广州火车站；我是郑西决，爷爷唯一的男孙，我的人生一直乏善可陈，只不过，在这个冬天里前所未有地焦头烂额；在我们年轻的小婶的肚子里，沉睡着我们不知道是弟弟还是妹妹的郑北北。

你猜对了，这是一个关于我们兄弟姐妹的故事。东霓，西决，南音，北北。人生在世，不管你愿意不愿意，你总是要和一些人发生非常深刻的联系。我们四个就是如此。东西南北，乱哄哄，你方唱罢我登场。除了血浓于水之外，还有很多东西是我也说不清的。

那是 2005 年的夏天。我开着三叔的车路过龙城广场的时候，意外地看见了三叔的女儿，我们大家的宝贝郑南音。当时这个丫头差两个月满十八岁，属兔，从来不喜欢别人叫她端庄做作的大名，要大家叫她郑小兔，把 MSN、QQ 的签名全部改成这个。在家里，有人叫她郑南音的时候，她势必装作没有听见。这么小的一件事情足以看出，这个丫头任性、装疯卖傻、喜欢向任何人撒娇，因为她拒绝成长。不奇怪，很多幸福家庭的宝贝女儿都会如此。我有办法整她，因为她是我的学生，我可以站在讲台上一本正经地叫她郑南音。尤其是在我叫她回答一些我料定她答不上来的问题的时候。我面带微笑，嗓音和蔼，然后大义灭亲地把"郑南音"这三个字抑扬顿挫地喊出来。于是郑南音同学怨恨地盯着我，不情不愿地站起来，眼神带着钩子。这简直成了我无聊生活里的一大乐趣。

扯远了。当日我看见郑南音，或者郑小兔，穿着一身怪模怪样的衣服，T 恤上印着硕大的李宇春的头像。她们一群女孩子站在那个长长的横幅下面——"龙城李宇春歌迷会"。当时我真以为自己眼拙，然后把车开近了一点。这下没有疑问了，因为我家郑小兔小姐正拦着一个过路中年男人绽开她的无敌笑容："叔叔，借您的手机给李宇春投个票行吗，求您了叔叔，这很重要。"此情此景，简直惨不忍睹，让人联想起东洋鬼子的"援助交际"。看到这么漂亮可爱的小姑娘求到自己头上，"叔叔"自然是十分受用，于是欣然把手机递给了郑小兔，顺便在郑小兔专心致志地投票的时候问她："小姑娘几岁了？哪个学校的?"郑小兔于是扬起脸,又是粲然一笑:"快十八岁了,龙城一中,高二。"我就是在那个时候才突然发现,她居然学会了把自己说话的声音和腔调调整到一个微妙的分贝上,冒充莺声燕语。换言之,这个家伙已经意识到了自己是个"女人",并且已经懂得了用自己的性别达到某些目的。这样下去后果不堪设想。我看周围没有交警,于是把车靠边,愤怒地按了喇叭。

"郑小兔,那个帅哥是谁呀?"她身后的一众"玉米"们开始起哄。我家郑南音语气十分惊悚:"是我们老师。"她没说错,只不过她没有说出我的另外一个身份。令我没有想到的是,"老师"二字一出,这群比我小不了几岁的小鬼神色果然立刻收敛了不少。十几个人不约而同地集体倒退两三步,那一瞬间我自我感觉简直膨胀到了极点,活了二十几年,总算是体会了一把做统治阶级的感觉。

郑南音小姐十分娴熟地关上车门,把安全带拉下来,抹一把前额上亮晶晶的汗珠,得意地跟我说:"哥哥,今天我的成绩最好。"见我面露不解之色,她补充了一句,"今天我们大家集体上街给春春拉票,我拉的票数最多。其实就是应该拦住三十几岁或者是四十几岁的叔叔,说几句好听的,用他们的手机投票。他们一般都不会拒绝我的。"我在心里惨叫了一声,这种行为完全就是出卖色相。

"郑南音同学,一个月以后你就要高三了。"我正襟危坐。

"郑西决,你真的,真的是——"郑南音气急败坏地搜索着词语,难为她,这家伙语文成绩一向不怎么样,"你别像个旧社会的姨太太好不好?"她突然灵光乍现,眼睛也跟着亮了,"千辛万苦好不容易扶了正,就忘了自己什么出身了,成天骂别人是狐狸精。"

"别管我什么出身。我现在是郑老师,可是你呢,你就是郑南音同学,有种你就当着教导主任的面把刚才跟我说的话再说一遍。你敢不敢?"说真的,若是不能经常看见郑南音这种气急败坏的表情,生活的乐趣真的是打了百分之五十的折扣。

郑南音用力地摇着她美丽的小脑袋说:"哥哥,你不过才当了一年的老师。可是你看看你这副嘴脸吧,好像你生来就是剥削阶级。"

为了充分显示剥削阶级的优越性,我打开了车里的音响,用来掩盖郑南音的抱怨。我让我的U2醉生梦死地响彻这个小小的空间。开车的时候听音乐的妙处就在这里,恍惚间我就会觉得音乐不是来自车里,而是来自车窗外面那个看似跟你没有什么关联的、熙熙攘攘的城市。我想我是老了,打死我,我也接受不了那个让我家郑南音心醉神迷的李宇春,都说她集男人的阳刚和女人的阴柔于一身,可是让我说,我除了发现一个女人的长相也可以奇迹般地酷似姚明之外,没看出任何其他的优点。郑南音的妈妈,也就是我的三婶,在听我说过这个结论之后曾经非常认真地跟我说,这话千万别在郑南音面前提起,否则她会跟我拼命。

三婶是个好妈妈。我感慨地想。不知道郑南音自己知不知道,世界上有个人这么在意她的想法和感觉——哪怕是不理解也要尽力维护,这是多大的福气。

"郑西决,我有一个好消息和一个坏消息。你想先听哪一个?"郑南音的声音比先前略微安静了一点,斜着眼睛看我。我明白她想要做媚眼如丝状,但是没掌握其中要领,像个需要矫正斜视的可怜儿童。

"坏的。"我回答。

"就知道你要先听坏的。"郑南音叹了口气,"我妈告诉我说,大姐头要从北京回来了,不知道什么时候的车,说不定现在已经到家了。"

"郑东霓。"我想也许有事情发生了。

"嗯。"郑南音点头,"今天中午,我妈告诉我的。其实我也不清楚,听说她好像要跟一个男的去美国结婚,大伯和大妈都不同意——"

然后她就尖叫了起来:"你想死啊郑西决,你干吗要上南九路?你不知道南九路过了五点不能左拐吗?"

"大不了我从云锦巷穿出去,你喊什么。"我说。

"回头咱们三个人一起去吃饭,让她好好给咱们讲讲。"

"郑南音,是我们俩出去吃饭,没有你的份。明天你得乖乖地去补习班上课。"我恶毒地更正她,"现在说好消息。"

"好消息是——"她郑重其事,"我恋爱了。"

我觉得这不是一个坏消息和一个好消息,而是一个坏消息和一个噩耗。

或者我有必要讲讲我的家。我的家庭比别人的略微复杂一点。主要人口包括:我的三叔、三婶、郑南音和我。我没有父母。我的父母,也就是郑南音的二伯二妈,死于我十岁那年。因此,十几年来,我在三叔三婶家长大,和郑南音稀里糊涂地分享着她的爸妈以及这个家庭的一切福利。好在这个家伙智商低,从不跟我计较。除了我们四个之外,还有一个常常来蹭饭的小叔,小叔和我在同一所中学教书,他教语文,我教物理。爷爷有四个儿子,因此老爷子早早地就决定要把"东西南北"四个字嵌进四个孙子辈的名字里。我小的时候总是听爷爷说,最小的孙子,也就是小叔的孩子,无论男女,都要叫北北。谐音就是"贝贝"。可惜,小叔没有孩子,更糟糕的是,他是一个离婚多年的老单身汉。我们的爷爷在三年前死于睡梦中,有生之年,他都没有看到他的郑北北。

几年前,这个家里还有第五个人,就是我们的大姐郑东霓。她的情况更为混乱,有时长住,有时短住,有时和小叔一样只是来吃饭而已。如此这般，她做三叔三婶家的编外成员直到她考上大学为止。为什么？因为她的父母，也就是我和郑南音的大伯大妈，是一对千载难逢的极品夫妻，崇尚暴力，热衷于侮辱对方。他们俩的吵架不是一般意义上的夫妻拌嘴，而是真正的搏斗。只要你见过一回，你就会相信，这两个人对生活源源不断的热情，恰恰来自长年累月的相互攻击跟诋毁。我记得奶奶活着的时候，常常说的一句话就是："你看看东霓，再看看南音。都是一个爷爷的孙女儿，可是，人真是有命的。"

女人，碰到自己无法解释的事情的时候，就喜欢把命运、缘分之类的东西搬出来当后盾。她们擅长不问原因地接受现实。奶奶如此，三婶如此，连现在只能算是半个女人的郑南音也在一夜之间沾染上了这个嗜好。命运，绝对不是一个可以说服我的东西。但是我不否认，很多事情，我不明白。

我不明白，我的大伯大妈看上去都是再正常不过的人，大伯为人远比三叔豪爽，无非是喜欢多喝几杯；大妈漂亮，还总是喜欢跟我们这几个小孩子没大没小地玩闹。可是就是这样的两个人，为什么一瞬间就可以跳起来面目狰狞地拼命，一直厮杀到地老天荒，满室狼藉。我同样不明白，记忆中，我的爸爸妈妈看上去也是一对普通人，但是，我们全家人，在很长的一段时间里，都默契地不去谈论他们的惊人之举。因为大家都不知道该怎么形容才好。其实没什么难的，如果要我来概括我父母的一生，我觉得四个字就可以一言以蔽之：他们相爱。我的爸爸妈妈都是不善言辞的人，他们两个都偏瘦，并且苍白，有种夫妻相。我十岁那年冬天，天气冷得反常，可是我偏要他们带我到公园去玩。在一片苍灰色的寒风中，爸爸突然提议，我们三个人手拉手围成一个小小的圆圈，然后爸爸跟我说，这样，我们三个人就可以互相来暖手。说这话的时候，妈妈抬起被冻红的脸，猝不及防地，跟爸爸相视一笑。

　　三天以后，我爸爸死了。死在他工作的设计院里。他从来不知道他自己已经有很严重的心脏病。听说，他们来到我家告诉我妈妈这个消息的时候，我妈妈只是沉默了一下而已，然后她就笑了，说："我去厨房给你们冲茶。"客人们面面相觑。就算是暴风雨前的寂静，我妈妈也未免太寂静了一点。就在几位客人不知所措的这几秒钟里，我妈妈干净利落地从厨房的阳台上跳下去了。我家住五楼。我就这么变成了孤儿。

　　这就是传说中的生死相随了。蒲苇韧如丝，磐石无转移。至于那个十岁的孩子，就像是这场精彩的大戏中间插播的广告，大可忽略不计。

　　三婶一开门，我就听见了屋里传出来的郑东霓无所顾忌的大笑的声音。

　　"东霓姐姐，东霓姐姐——"郑南音英勇地冲进去跟郑东霓拥抱。

　　"我想死你了，郑小兔。"郑东霓恐怕是这个家里唯一一个自觉自愿叫她郑小兔的人。

　　我站在一边，看着她们俩像和面一样把对方捏来揉去，叹为观止。女孩子虚伪起来真是功夫了得，明明三个月以前才见过面，平时也断不了电话、网聊什么的，偏偏弄出一副久别重逢的模样以示姐妹情深。

　　郑南音终于被三婶轰到房间里去换衣服。客厅里顿时安静下来。郑东霓笑吟吟地看着我，点点头："郑西决，你越来越帅了，玉树临风。"

　　"别跟我来这套，假惺惺的。"我笑。

　　"扫兴。"郑东霓把头一偏，栗色的卷发有一半自然而然地垂在了胸前,"我本来等着你说我才是越来越漂亮。"

"就知道你没安好心,老奸巨猾的女人。"

"再敢说我老,我把你耳朵割下来混着蒜蓉清炒。"郑东霓像小时候一样扑上来拧我的耳朵,她总是能想出来这种又形象又恐怖的话。也不知道这种天赋是不是她父母的遗传。

"他是说你老奸巨猾,又不是说你老,你怎么听不懂成语?"我可爱的小叔从厨房里走出来帮我,"你不过才二十七岁,都嫌自己老,那我岂不是该入土了?"

"小叔!"郑东霓咬牙切齿。然后房间里传出来郑南音元气十足的嗓音:"小叔,国家早就不准土葬啦——"

"胡说八道些什么。"三婶在厨房里面笑着骂。

每到这个时候,我就由衷地觉得幸福。

郑东霓当然是越来越漂亮,只不过我从来不肯当着她的面承认这一点。虽然三叔三婶一致认为她还赶不上年轻时候的大妈,可是从小到大,上赶着奉承她的人足够从我们家门口排队排到龙城至北京高速公路收费站。只可惜漂亮女人大都精明,一眼就看得到自己的实际利益在什么地方,早已对甜言蜜语、烛光晚餐之类的花拳绣腿免疫了。

我到厨房去,帮三婶的忙。郑东霓已经钻到郑南音的房间去了,她千里迢迢给郑南音带来了好些新衣服,她们俩的聒噪声可以打败厨房里的抽油烟机,实在厉害。

"帮我把蒜瓣切了就行。"三婶说,"一会儿你打个电话把陈嫣也叫来吧。"

"不用。"我说。陈嫣是我的女朋友,我们在一起三年了,三叔三婶见过她很多次。

"她现在也不算是外人了。"三婶把我手上的蒜瓣拿去下锅。

我没说什么，因为我知道郑南音一直都不喜欢陈嬷，难得今天东霓回来，她这么高兴，没必要扫她的兴，高三一来，这可怜的孩子就没什么好日子过了。

三婶叹了口气，一语道破："南音不懂事，你还要纵着她，你只不过比她大五岁而已。也不知道她什么时候才能长大。"

我笑笑："五岁已经很多了，三婶。"

我希望南音永远都不要长大，永远都不要把看别人的脸色当成自然而然的事。虽然这是不可能的，但是至少，我愿意为南音做一切的事情，让她要风得风，要雨得雨。我们家已经有了我和郑东霓这两个基本没有童年的人，就让郑南音把自己的童年期延长些，替我们赚回来吧。有时候我自己都觉得我不太像是南音的哥哥，我像是……得了吧，我嘲笑自己，有三叔那样的父亲在，还用我班门弄斧？

终于开饭，大家坐好。照例说几句该说的话，比如给郑东霓接风洗尘，鼓励郑南音在高三这一年里好好学习。然后大家一起说些无关痛痒的话题，股票，房价，以及邻居家的绯闻。没有人主动触及敏感问题，比如郑东霓是不是真的要跟一个她父母都看不上的人结婚并且漂洋过海。饭桌上不说并不代表永远不说。三叔小叔会在吃完饭之后把郑东霓留在客厅里晓之以理，三婶会在厨房里或者卧室里对郑东霓动之以情。连郑南音都算上，我们大家通通心照不宣。因此，饭桌上的谈笑风生得以顺利进行。稍有冷场，一定会有人找到更不着边际的话题来让气氛重新热闹起来。

"你这次回家，住多久？"我问郑东霓。我也忘记从什么时候起，就再也不叫她姐姐了，我嫌肉麻。

"三个月。"她对我笑，"可能中间会回去两三回，我把两个店都卖了，还有些手续上的事儿。"

"这么好——三个月！"郑南音欢呼，随着这欢呼，她颤颤巍巍夹起来的那一大筷子葱爆羊肉全部掉回了盘子里。

"南音。"三叔忍无可忍，"姑娘家，吃也没个吃相。"

"姐姐回来住三个月，你也不准跟着疯。"三婶帮腔，"你该干什么干什么，别忘了从现在起，你就没有周末了。"

我和郑东霓暗暗相视一笑。她心里再清楚不过，不管她准备做什么，我和南音永远的立场便是助纣为虐。

"东霓，"小叔喝干面前的啤酒，慢条斯理地说，"抽个空，回去看看你爸妈。"

郑东霓没有表情地说："知道。"

当然，我也知道，她不过是说说而已。我们都知道。

骨肉至亲之间，如果彼此仇恨，会是怎样的？若你没体会过这种感觉，是种运气。若你真的想知道那到底是什么滋味，你就去问郑东霓。那一年，她只带着一只小小的箱子远行。她的父亲，我们的大伯，醉醺醺地盯着正在整理行李的她，说："你知道我最看不起什么人？"

她不理睬。大伯说："我最看不起踩着男人往上爬的女人。"其实这么多年了，大伯他总是醉醺醺的。

郑东霓扬起脸，说："你知道我最看不起什么人？"

然后她笑了，她慢慢地说："我最看不起那种明明自己是摊烂泥，还要逼着别人和他一起烂在泥坑里的人——比如你。"

大伯暴怒地盯着她的背影，眼睛血红。

我忘不了，那一年，她对我说："你知道吗？在新加坡的时候，有一回，有个客人一出手就给了1000美金的小费，要我给他们一桌人唱一个晚上。1000美金当然多，在新加坡也没有几个人能在一晚上赚到这么多。可是，当 1000 美金是塞在你的胸罩里面的时候，你才能真的明白，不全是钱的问题，这世上，真的有等级这回事。"

如今，她笑盈盈地环顾这个房间，这群闲话家常的亲人，就好像这原本是她的生活。只不过，她眼睛里那种凌厉的潋滟最终会出卖她。她的风情万种究竟是怎样堆砌起来的，没人知道。

第二章 你的终点很遥远

生活终究是在按部就班地滑行着。

万恶的高三终于来临。夏天却还没有完全过去。郑东霓就在郑南音的房间里安营扎寨,晚睡晚起,悠闲自在,整日敷着面膜煲电话粥,气死了水深火热之中的郑小兔。

至于我,因为工作时间不够长,没有资格去教高三,会在九月份的时候教高一新生。郑南音这家伙总算找到了打击我的理由:"我们现在的物理老师,讲课讲得比你好一百倍。"

龙城的八月末,已经有了凉意。尤其是清早的时候。八点钟左右,我站在厨房里磨豆浆,心里因为什么都没有想而一片澄明。柔软清丽的阳光里面带着一种不易察觉的萧条。站在这样的阳光里面,会有微风拂面的错觉。家里人上班的上班,公主殿下上学,大多数时候,只有还在假期中的我和郑东霓两个人。

然后我就听见了郑东霓的歌声:"风雨过后不一定有美好的天空,不是天晴就会有彩虹。所以你,一脸无辜,不代表你懵懂。"[①]郑东霓学

---

① 《人间》:林夕作词,中岛美雪作曲,王菲主唱。

王菲是可以乱真的。唱歌，曾经是她吃饭的家伙。

她关上冰箱门，对我微笑："早上吊一吊嗓子是好的。我自己都觉得我宝刀未老，完全不减当年。"

"走过江湖的人就是不一样。"我说，"二十七岁就可以话当年。"

"那当然。"她骄傲地把脖子一梗，"谁像你，当年坐着学牛顿三定律，现在站着教牛顿三定律。无聊。"

"你是怎么认识那个人的？"我犹豫了一下，比较迅速地转移了话题。

她一愣："偶然。去年夏天他放假回来，跟着什么熟人到我店里来。然后他就来约我了，后来他回美国去，我们保持联系。再后来，他说他想结婚，我说，我也想。"她有点狡黠地眨了一下眼睛。

"你看上他什么了？"

"我从来没有看上他，我只是不讨厌他而已。"她静静地把豆浆倒满两只杯子，"最近我的品味变了，突然喜欢上学历高的男人。他很单纯，我说什么，他就相信什么。他就跟你一样，从来都没有从学校里出来。在国内的时候就是读书，去美国还是读书，读完书就留在学校的研究室——活了三十年，念了二十多年的书。热带植物博士——"郑东霓笑了，"这世界上真的是什么人都有呀。"

现在只剩下两种可能：第一，我的堂姐长得很像热带植物；第二，那个男人在美国小城里憋疯了，偶然看见了一个精明利落的城里女人，丝毫不能让他联想起原始的热带植物，于是决定非她不娶。

"郑东霓。"我叹了口气，"跟你说，我也有同学出去留学或者陪读，辛苦得很。尤其是美国的那些小城市，一到节假日，大街上静得像坟场。你不是耐得住那种寂寞的人。他没有多少奖学金，粗活累活都是你的——我不是指洗衣服做饭，还包括搬个梯子刷公寓的天花板。去超市买十几公斤的东西回家，要么开车，要么像骆驼一样自己搬回来，你以为你还能像在家里那样挥手打辆的？做梦。"

"你是说我吃不了苦？"她深深地凝视着我。

"我是说没有必要。"

"别小看我，郑西决。"她把头发全部握在掌心里，有点恶狠狠地扔到脑后去，"我又不是没出过远门。在新加坡唱歌的那几年，我有时候一晚上跑三个场子，白天还有别的工要打，和四个女孩子租一个房间，什么脸色都看过。你真的以为你姐姐回来开店的本钱是靠什么有钱的男人？我倒想，可是到哪儿去找那么傻的有钱人？你说对不对？"

我突然发现我根本没有和她对话的资格。郑南音是对的，我只不过才做了一年的老师而已，我就以为自己天生适合规劝别人。我凭什么来说三道四呢？我甚至像所有无关痛痒的闲人一样，暗暗揣测过她的钱来自某个，或者某些男人。

郑东霓是在十八岁那年去新加坡的。那时候她才大一，连第一个学期都没有读完。她在大学所在的南方城市里认识了她的第一个男人，一个新加坡的酒吧经理，于是就下了南洋——多古老的说法。四年以后她回来了，在北京安顿了下来，当她的大学同学苦苦地从一个招聘会奔赴另一个招聘会的时候，她成了服装店的老板娘。

没错，我们的姐姐跟着她才认识几天的男人去做天涯歌女的时候，跟郑南音一样大。我奶奶早就精练地总结过了，人是有命的。

"郑西决，我从来都没有告诉过你。"她托着腮，无限神往，我知道她不是在跟我说话，她只不过是在回忆而已，"在新加坡的时候，有一回，有个客人一出手就给了1000美金的小费，要我给他们一桌人唱一个晚上。1000美金当然多，在新加坡也没有几个人能在一晚上赚到这么多。可是，当1000美金是塞在你的胸罩里面的时候，你才能真的明白,不全是钱的问题,这世上,真的有等级这回事。"

她早就给我讲过的,但是她忘记了。

"你想一雪前耻,所以想嫁给——学富五车的'热带植物'?"

"当然不是。"她大笑着过来揉我的头发,"我想赚钱呀。我现在的店生意再好也只是衣食无忧而已。所以我想借这个机会出去看看,看看我还能不能赚到更多的钱。"

"你现在赚得不够多吗?似乎比我多很多。"

"都跟你比,社会还用不用进步?"她冲我翻白眼,"胸无大志。"

"我是胸无大志。"我自在地伸了个懒腰,"我只想平平安安地待在龙城,教一辈子书,然后照顾三叔三婶、小叔,当然还有你爸你妈。等你和郑南音都远走他乡,并且婚姻不幸的时候,帮你们支撑好这个大本营,好让你们随时回来养精蓄锐,再战江湖。"

"贱嘴。"她的眼神明显有些意外,"我没想到,原来你也有志向,是继续做这个家里的'三叔'。"

"没错,就这么简单。要是我真的能做得像三叔一样好,是我的荣幸。"

"为什么?"她问我。

"郑东霓。"我说,"你不是孤儿,你永远不会明白。"

"我和孤儿有什么区别?"她仓促地一笑。

郑东霓的婚事,就这么成了定局。——我这个说法并不确切,准确点说,在全家人反对无效只好对她表示祝福的时候,她才宣布她和"热带植物"在法律上已经是夫妻。她这次回家来只不过是来办签证需要的手续而已。大家恍然大悟,更加无话可说,只好团结一致地帮她准备所有申请签证的文件,以及行装。也不是全家人吧,不包括她自己的父母。小叔的点评最为幽默,当他听说了郑东霓老公的专业的时候，愣了一下，随即说："好。闻道有先后，术业有专攻。热带植物，也是好的。"郑南音在一旁笑得差点断气。

三叔只是对她说："一切当心。别勉强自己，不习惯就回来。"我记得三叔在郑东霓执意要休学去新加坡的时候，也只是说了这么一句话。郑东霓在这个家里地位有点微妙，因为没有人把她完全当成孩子来镇压，她又不可能和长辈平起平坐。所以，有些时候，三叔跟她说话的语气异常尴尬，常常是连称呼都省了。这一切的源头怕是要追溯到很多年前吧，很多年前的郑东霓是个让大人不知道该怎么对待她的孩子。比如说，那个下午，那个我和郑南音这辈子都不可能忘记的下午。

那时候，我九岁，郑南音还不到四岁。那明明是一个风和日丽的星期天，三叔带着我们俩去大伯家，说是要拿什么东西。

可是走在楼道里的时候我们就听见门里面有隐约的争吵声。三叔见怪不怪，还是敲了门。大伯来给我们开门，没有表情地扫了我们一眼，除了头发有点乱，看不出争斗的痕迹。他知道我们什么都听见了，我也知道他知道我们听见了。他毫不在意，对大妈说："去倒茶。"大妈斜靠在沙发上，恶狠狠地看着他。那时候大妈还年轻，她是个好看的女人。他们总是这样，争斗的时候，旁若无人。大妈突然间微笑了，嘴里耳语一般地重复了一遍："倒茶？"然后妖娆地站起身，"好，倒茶。"说时迟那时快，大妈举起暖瓶狠狠地砸在地上，"砰"的一声巨响，简直是董存瑞的炸药包。她一边微笑一边大喊，脸上的表情因此变得扭曲之至："我他妈恨不能乱刀砍死你，你叫我倒茶？你叫我倒茶？我×你妈！"三叔扑上去拦住了大妈，就在这个时候，大伯不紧不慢地把地上的暖瓶捡起来，不紧不慢地把瓶塞打开，最后，把里面的东西就这么倾倒在地板上。热水，还有破碎的壶胆，像是一面镜子的碎片，清脆地坠落下来，一片炫目的银白色琳琳琅琅地铺满陈旧的地板，热水的白汽开始缓慢蒸腾，让这屋子顿时鬼魅横生。

然后，大伯就像魔术师那样，伸手往地下那么一抓，一把银色的壶胆碎片就像一尾银鱼那样被他牢牢抓在手心里。烫不烫，谁知道，反正他脸上的表情几乎是怡然自得。他轻而易举地就从三叔手里把大妈抢过来，驾轻就熟，然后，把那捧银色的碎片塞到她正在喊叫的嘴巴里。他几乎是兴奋地喊："咽下去，我叫你咽下去。臭婊子我倒要看看是谁整死谁——"大妈闷在嗓子里的挣扎声变得沉闷而嘶哑，但是依然拼了命地挣扎。

我说过了，他们俩在折磨对方这件事情上，天赋异禀。

郑南音"哇"地哭了，像只吓破了胆的小兔子那样瑟缩在我的身后，我紧紧地抓起她颤抖的小手，可是没有人知道我也胆战心惊。我低下头才发现，一股细细的水流顺着郑南音粉嘟嘟的小腿流下来，弄湿了她粉红色的小裙子。于是她哭得更加可怜——她不到四岁，可她比某些成年人懂得羞耻。

三叔放开了大妈跟大伯，飞奔过来，把郑南音一把抱起来。时隔多年，我都没有忘记三叔的眼睛扫过他们俩时，脸上那种彻头彻尾的嫌恶。三叔拍着郑南音小小的脊背，几乎是慌乱地说："南南，乖乖，不怕，不怕。"然后三叔腾出一只手，捏了一下我的肩膀，对我说："咱们走，咱们现在就走。不管了，谁想死就让谁去死。"他的语气前所未有地激动，几乎是推搡着我到了门口。就在这个时候，郑东霓打开她小屋的门，走了出来。

她那时候才十二岁，可是已经有了种说不出的端庄。她高傲地仰着脸，踩着一地晶莹的碎片，站在她的父母面前，一言不发。我不会忘记她那时候的眼神，若无其事，冷若冰霜，就好像眼前那对厮打号叫着的男女是没有生命的东西,比方说,一个指示牌、一个路标。我的大伯大妈却顿时安静了。大伯气喘吁吁地,颓然松开了他手上的女人。大妈一边哭,一边把嘴里的碎片吐出来。有一抹刺眼的血迹挂在她的嘴角,是战败了的肮脏难看的旌旗。

接着,郑东霓慢慢地走向了我们。那个时候三叔已经站在了门外,一只手抱着郑南音,一只手拖着倒霉的、还有一只脚在门里面的我。郑东霓使劲地推了我一把,把我踉跄地推到了门外面。然后紧紧地握着门把手,深深地看了三叔一眼。

我清楚,她听见了三叔那句充满了愤怒甚至是蔑视的"谁想死就让谁去死"。

郑东霓也清楚,三叔知道她听见了。

三叔放开了我,抓住了她的胳膊,几乎是迟疑地说:"东霓,跟三叔走,三叔带你们去看电影。"

郑东霓只是专注地看着他,摇头。固执地后退着,想要挣脱三叔的手,尽管那不大可能。

她的眼睛是漆黑的。那是我第一次发现,她的瞳仁似乎要比一般人大上几号。别人的眼睛里面只不过是两个小小的黑点,她不一样。她的目光深处有两个凌晨一点的夜晚。万籁俱寂,没有任何声息。

三叔继续抓着她的手臂,她继续挣脱。而我,就在旁观着一个大人和一个孩子的僵持的那短短几秒钟之间,看懂了很多直到我长大成人之后都难以用语言描述的东西。

比如难以启齿的歉意,比如无地自容的倔强,比如无法化解却可以忍让的温柔,比如一起经历过羞耻和仇恨之后才会出现的,脆弱的、朝露一般的同盟。

最终,是三叔先放弃了,三叔放下了他的大手,长叹一声:"东霓,你这个孩子。"郑东霓没有表情,她只是说:"三叔,你们走吧。别管我们家的事情了。小兔子的裙子湿了,赶紧给她换,不然会感冒的。"

印象中,从那一天起,在这个家里,郑东霓不再是个孩子。似乎没有人像大人训斥孩子那样训斥过她,哪怕是在她闯祸的时候。

如今,在我静静地回忆童年往事的时候,许多的画面纷至沓来,清晰得一如清晨就要醒来时候的梦境。然后我恍然大悟,原来我们从那个时候起就开始管郑南音叫小兔或者小兔子了,原来郑南音的ID是我们大家的集体创作。真不知道自己为什么会想起这么无关紧要的事情来。不过有时候,回忆就是这样的,一点逻辑也不讲。

在那之后的很多年,我,郑东霓,还有郑南音,我们三个人再也没有提起过这件事情。我们心照不宣,就像是这件事情未曾存在过。我还以为,郑南音早已忘记了,她那个时候毕竟只有三岁零五个月。可是有一天,那是郑南音初中毕业那年的暑假,我们俩待在家里的时候,听见楼上不小心把什么东西从阳台上弄掉了,摔在楼底下的水泥地上,一声沉闷的巨响。郑南音顿时跳了起来,藏在我身后,她清澈地,但是慌乱地看着我,她说:"哥哥,他们把热水瓶的壶胆弄碎了吗?"

于是我就知道,她没忘,一天也没有。

仇恨,是种类似于某些中药材的东西,性寒,微苦,沉淀在人体内,散发着植物的清香,可是天长日久,却总是能催生一场又一场血肉横飞的爆炸。核武器,手榴弹,炸药包,当然还有被用来当作武器的暖水瓶,都是由仇恨赠送的礼品盒,打开它们,轰隆一声,火花四溅,浓烟滚滚,生命以一种迅捷的方式分崩离析。别忘了,那是个仪式,仇恨祝愿你们每个带着恨意生存的人,快乐。

第三章 候鸟和飞蛾

转眼间，已是深秋。

龙城的深秋就是人们印象中的那种典型的深秋。灰色的，凉而不寒，并且肃静。不适合温馨的离别，比如毕业，相反地，比较适合反目成仇，适合情敌决斗，以及，适合葬礼。

可是遗憾的是，我还偏偏就是在三年前的这个时候遇见陈嫣的。然后，开始了一段我迄今为止维持了最久，并且最为认真的感情。

郑南音总是缠着我问我，到底喜欢陈嫣什么，尤其是在她自认为她谈了恋爱之后。这个问题，我很难回答。我不像小叔那样，我不是语文老师，我的表达能力不算很好。

但是我一直都在努力回答这个问题。对于人们都相信的那种爱情没有理由的说法，我不认同。或者，我们学科学的人总是认为没有什么是不能解释的，若你做不到是因为你的能力不够，而不是它原本无解。其实我自己也知道这种想法很有可能是错的，但是很遗憾，我的劣根性就是如此。

陈嫣当然也问过我，为什么追她。我说，因为我觉得你人长得漂亮，心肠也好。这似乎是个很无耻的答案。但是，事实的确如此。我是在大学里的龙城同乡聚会上认识陈嫣的。我是物理系，她是经济系。其实陈嫣绝对算不上是个美女，而且她的衣服和发型都没有任何夺目之处，脸上的表情也总是淡然。有的女人是这样的，一开始你的眼光不会被她吸引过去，但是久而久之，随着日子的推移，不经意间，你开始觉得她好看，至少她没有任何一个角度是难看的，非常均衡。再过些时间，她的举手投足都让人舒服，于是你发现她的漂亮属于生活范围之内的漂亮，在这种漂亮面前，你可以心安理得，不用时刻担心自己的行为是否得体。当你恍然大悟其实她很值得追的时候，对不起，已经有人动作比你快了。陈嫣就是这样的女人。

我呢，就是那个动作快的家伙。我幸运。

她说："郑西决，你知道当时我为什么决定和你在一起？"她笑了，她的笑容里总是有种温存的悲戚。"我第一次跟你出去吃饭的时候，你一直都在说你们家。你姐姐，你妹妹，简直就是贾宝玉。"她仰起脸，深深地看着我的脸，"那个时候我就想，把家里人看得这么重要的人，一定不是个坏人。"

这种时候，通常比较适合细水长流地接吻。

三年了，我仍然喜欢亲吻她。接吻这件事情，特别容易让人懂得什么叫作唇齿相依。然后，一种悠然的感觉弥漫上来。于是我就觉得，这个女人，陈嫣，她是我的骨肉至亲。

后来我们毕业了，我和陈嫣一起回到了龙城。我们都希望自己能过上那种安稳，并且最为普通的生活。我觉得这是一种非常珍贵的默契。

陈嫣在一个房地产公司上班。她总是这样向别人解释她的工作："别误会，我不是售楼小姐。我只不过是会计师手底下的小会计，眼睁睁地看着老板暴发，自己的工资永远是那么一点点，如果不好好调整心态，早晚有一天猝死。"

我喜欢陈嫣这种做人的方式。

最近我跟陈嫣见面的时候，总是不自觉地说起郑南音，因为她的确可恨。她的学习成绩，她的前途，以及她那个不靠谱的小男朋友，通通令人恶向胆边生。更可恨的是，我还得在三叔三婶面前帮她圆场，说她在学校里好好学习天天向上。然后她还不领情，估计是被那个男孩子弄得头昏脑涨了，最近像只被惹恼了的猫，动不动就跟我龇牙咧嘴，指责我这个奔三的中年人根本已经麻木得不懂得什么叫感情。我一半玩笑、一半认真地历数着郑南音的种种恶行，貌似火冒三丈，其实乐在其中。陈嫣总是微笑地看着我，似乎无论我说什么，在她看来都是有趣的，有趣的未必是我说话的内容，而是这个正在说话的人。

她永远有办法让我安静。

我们家那两个大小姐，喜怒哀乐通通挂在脸上，动辄一副宁为玉碎不为瓦全的架势。所以在她们俩面前，我觉得我像个男人，因为我能让她们冷静。但是陈嫣不一样，她让我安然，这也让我觉得我像个男人，大概，那就是所谓的温柔乡的感觉吧。我曾经以为，女人都是飞蛾，生性擅长不怕死地扑火。后来才知道，原来也有一种女人是候鸟，无论如何，都沿着一个静谧的轨迹，安宁地飞翔。你可以说是飞翔，说是恪守着什么，也对。我和陈嫣之间，连争执都是很少的。记忆中只有过一回非常厉害的战争，在我们大学毕业的那个夏天，她为了一件很小的事情跟我闹翻了，不哭，不吵，但就是整整一个星期不肯见我。她只耍过那么一回脾气，但是那种冰冷到断裂一般的倔强让我记忆犹新。所以我总是告诉自己，一定是我的错，一定是我在不知不觉间踩到了她心里的一个地雷。每个人心里都有一个雷区，是不能被人碰触的。爆炸之后的反应，因人而异。对于那些不善于张扬自己感情的人，比如陈嫣，她就只能沉默。要不是因为遇上的人是我，她会吃亏的。我总是充满怜惜地这么想。因为现实中，懂得大张旗鼓地示弱的女人才往往是最后的赢家。可我和那些白痴男人不同，我懂得珍惜一个尽力维持尊严的女人内心的力量。

我们快要结婚了。陈嫣说过，之所以这么快地决定和我结婚，是因为她喜欢我们这个家。

她那句话让我无比感动。可是我给郑东霓和郑南音转述的时候，这两个可恶的女人却嗤之以鼻。郑东霓说："这种话你也信，你是孤儿，她用不着应付公公婆婆，她们家有了个免费的劳动力来倒插门罢了。她会不喜欢，才怪。"郑南音在旁边跟着帮腔："就是就是，哥哥，女人的话都是不能相信的呀。那个陈嫣，一看就很卑鄙。"我就不明白，对陈嫣，我的三叔三婶都是再随和也没有，早就把她看成是编外的家庭成员，可是偏偏是她们，这么踊跃地扮出邪恶的婆家人的嘴脸。

陈嫣不是感觉不到她们俩的敌意，只不过，她以不变应万变，颇有大将之风。比如今天，三婶要她来家里吃饭，当她知道郑东霓和郑南音都在场的时候——不知道我是不是想太多了——我觉得她眉宇间简直是有点兴奋的，眼睛发亮，浑身上下更是透出一种有意为之的从容不迫。相反，她来家里时，若是这两个敌视她的人都不在场，只剩下三叔三婶和蔼可亲的春风化雨，我就能很明显地感觉出她的意兴阑珊。原来这就是传说中的，与人斗，其乐无穷。这着实让我叹为观止。可是不管怎么说，只要她开心就好。她高兴，我就高兴。

不过让我不高兴的事情还是意想不到地来临了。我们俩在楼下的时候，我意外地看见了郑南音的——男朋友，我在心里咬牙切齿，但是表面上，还得做出一副道貌岸然的样子。我已经听见了"男朋友"

这三个硬邦邦的字像是金属划着玻璃一样，在我的大脑里发出刺耳到让人牙龈发酸的声响。

臭小子。不想活了。明明知道郑南音家里有两个人都是他自己学校里的老师，居然敢公然跑到楼下来等人。也不知道该说他勇气可嘉，还是该说他简直不把统治阶级放在眼里。他就那么堂而皇之地站在单元门外面，头一抬，看见了我。脸上居然没有一丝一毫的慌乱，并且大方地跟我说："郑老师好。"

相形之下，小家子气的反而是我。于是我也只好风度翩翩地说："你好，苏远智。高三啦，很紧张吧。"

哪知这小子不慌不忙地说："现在的刘老师，是比您那时候要严得多。我今天就是来等郑南音一块儿去上刘老师的辅导班的。"

厉害。我不得不在心里赞美。短短一句话，自己先光明正大地坦白了，并且堵得我没话说，顺带着嘲讽我曾经教导无方。这孩子再长大一点，可以去外交部。于是我只能在心里告诉自己我得以德服人，我说："那好，要好好学习。"然后拽着陈嫣赶紧上楼，但是还是不幸地听见了他那句围追堵截上来的："郑老师再见。"

"你看见了吧？你全都看见了吧？"在电梯里，我像正在演讲的希特勒那样，愤怒地对陈嫣挥着手臂，"他就是这副死样子。你看出来没有，这个孩子有多可怕？他在学校里就是这副德行。他根本就不把我放在眼里，而且还是文明礼貌地不把我放在眼里！我靠！郑南音那个丫头就偏偏看上这么个货色。"

"好了，西决。"陈嫣还是那样，暖洋洋地微笑着，"哪有你说的那么严重。十几岁的男孩子，喜欢在成年人面前装装样子罢了。咱们还不都是从那个岁数过来的？我倒是觉得郑南音眼光不错啊，这个男孩子蛮帅的……"

"帅你个头！"我打断她。

"郑西决。"陈嫣忍无可忍地摇了摇头，一针见血，"我看你纯属嫉妒。你妹妹长大了，不再整天围着你转，有了自己的男朋友，你不平衡。"

我装作没听见，因为我知道她说的是对的。

"不过。"陈嫣似乎若有所思，"我觉得这个男孩子很成熟。你家郑南音跟他在一起，怕是要吃亏的。"

"很好。那我就去剥他的皮，抽他的筋。"我干脆利落。电梯门就在这个瞬间缓缓移开了，不疾不徐的，明亮的银灰色，像是两片铡刀。

不过仔细想想，陈嫣不是没有道理的。我自己也有过十几岁的青春期。高中时候的我也喜欢跟整个世界闹别扭。瞧不上这个，看不起那个，殊不知天下最大的傻B正是我自己。可能吧，我为什么那么讨厌今天的苏远智？因为他像极了那个时候的我。并不是不聪明，而是自认为自己聪明的程度远远超过实际的智商。没错的，当我像苏远智这么大的时候，我高三，郑南音初一。有一次我因为一条辅助线跟老师犟嘴，想要证明是我对了他错了。那个老师也是没有风度，站在走廊里开始骂我。于是我一点都不示弱地跟他吵。面红耳赤的时候，我根本不知道郑南音是什么时候出现在围观的人群中的。我只记得她勇敢地跑了出来，站在我的身边，小小的一个人，那么宽大的校服，个头那么矮，却毫不犹豫地挡在我前面。她倔强地仰着脸说："老师，为什么你就觉得你一定是对的我哥哥是错的呢？你不要小看我哥哥，老师你只不过是个师范大学的毕业生，可是我哥哥将来是要去清华的！"

她这句话一说出来，整条嘈杂的走廊在一瞬间寂静了。后来发生的一切可想而知，去教导处，找家长，写检讨。我站在她们班外面，透过玻璃，看着小小的郑南音抿着嘴，一个人在寂静的、空旷的教室里写检查。写了一遍又一遍——检讨要写得够深刻她才可以回家。可是我只能站在走廊里看着,没有办法替她分担一点点,她们的班主任甚至不准我进去陪她。

没有人知道,后来,当我拿到那张"师范大学"的通知书的时候,当全世界的人都在惋惜我高考发挥失常的时候,我觉得我最对不起的人,是我的小妹妹郑南音。她曾经忍受了满满一个教室的寂寞和羞辱,只不过是为了维护我,只不过是因为她曾经那么斩钉截铁地认为我会去清华。

但是现在,她要去不计后果地维护另外一个人,要去斩钉截铁地去相信另外一个人了。教室里那个倔强的、孤单的无助的侧影,再也不关哥哥什么事了。

可是想想看,十八岁是多么美好的年纪。整个世界,有可能就是一条辅助线那么简单。因为喜怒哀乐,甚至是爱恨情仇,原则和梦想,光荣和尊严,全都可以因为一条辅助线而起。什么都没有经历过,所以再小的事情都可以让你心里把什么都经历一遍。那就是所谓的原始的生命力吧,用完了才知道,完了就是完了,不会再有第二次的。

郑南音站在客厅里,穿着一身郑东霓送给她的新衣服,对我们俩粲然一笑。那副光彩照人的样子足够让一个小男生发呆。这么快,她已然亭亭玉立。可能因为我刚刚在回想她小时候的关系,恍惚间,人生的确如梦。

"哥哥!陈嫣姐姐!"难得地,她给了陈嫣一个毫无保留的笑容。

"要出去啊?"我语气复杂地明知故问。

"陈嫣来了,坐着,马上就开饭了。"三叔和小叔一如既往地在客厅里对弈,见着陈嫣,习惯性地招呼一句。

"我晚饭之前回来。"郑南音像个惯犯一样,动作轻巧地往门边跑。

"你去哪儿?"三婶从厨房里走了出来,不紧不慢地问。

"去上刘老师的辅导课呀。"郑南音不耐烦地说。

"去上刘老师的辅导课,用不着穿成这样,回屋里换套衣服再走。"三婶今天是怎么了,平时她说话的时候很少使用这么干脆利落的命令口吻。

"妈妈——来不及啦。"郑南音惊愕地瞪大了眼睛。

"我说来得及就是来得及,我要你换。"三婶的语气里一点商量的余地都没有。

"我不,我就不换!为什么?"郑小兔的牛脾气果然上来了,我没有忽略,她说话的时候眼睛偷偷地往我们这边瞟了一下。她不是在看我,她看的人是陈嫣。我知道,若是陈嫣不在场,为了能顺利出门,她说不定就会去换衣服了。可是现在就绝对不行,她不能在陈嫣面前丢这个脸。我们郑南音宁愿不要活了,也不能让陈嫣知道,她不过是个连穿衣服都必须得听妈妈话的可怜小屁孩。

"为什么?你还好意思问为什么?"三婶的声音都有一点发颤了,于是我明白,三婶不是在小题大做,只不过是在借题发挥而已,"不能穿就是不能穿。上课就要有个上课的样子,穿得那么妖里妖气的像是要去上课吗?你要穿给谁看?"

"我——"郑南音咬了咬嘴唇,勇敢地迎战了,"我一定要穿给别人看吗?我就穿给我自己看。我每天都穿那么难看的校服,我就是想穿新衣服,看着自己开心,不行吗?"

"不行!"

这个时候三叔无奈地抬起头来:"就让她穿吧。东霓大老远带来的,现在不穿过两天季节就不对了。我觉得没什么呀,南音穿着很好看,又不那么过分——"

"你知道什么？你除了知道护着她，还知道什么！"三婶隐忍了这半天，终于跟三叔爆发了。

小叔不失时机地抬起头，手里晃着一颗黑子："下棋，下棋。女儿的事情，有时候就是要让妈妈来管。你不要跟着添乱，咱们下棋。你再不专心一点，我又要赢你了——"

"还有你！"三婶把脸转向了小叔，"别人家的孩子谁能像她一样，家里有两个大人就是自己学校的老师！可就是这样，都没人能管得了她，你们到底都在干什么！"

"糟糕了。"小叔拿着那颗棋子挠着后脑勺，看着我，"西决你看见没有，学生家长来投诉咱们了。"

只可惜这个笑话不好笑。只有一个人笑了，就是一直站在墙角的郑东霓。

"小兔子，乖。"郑东霓说，"咱们把这套衣服换了，咱们又不是只有这一套新衣服，姐姐给你带了那么多。天气冷，不要穿裙子，我们换牛仔裤，好不好。"

郑东霓真是愚蠢，又是小兔子，又是乖乖，又是这种哄小孩的语气……果然，被火上浇了油的郑南音这下算是豁出去了："我不换，我就是不换！有什么话明白说出来好了，不用藏着掖着。你不是问我穿给谁看吗？我告诉你我穿给谁看。他叫苏！远！智！我就是喜欢他，他也喜欢我。我们俩就是要一起考大学，然后我们就结婚！"

三婶干净利落地给了她一个耳光。然后，所有的人都惊呆了。最吃惊的人，其实是三婶。她什么话也说不出来，嘴唇颤着，只会怔怔地看着自己仍然不自然地伸在半空中的手臂，似乎想急着证明打人的不过是这条暴躁的胳膊而已，不是她本人。

就在这一瞬间，我从郑南音的眼睛里，看到了某种或者可以被命名为"蜕变"的东西。我知道,三婶这个气急败坏的耳光已经被小丫头无止境地放大了,从现在起,她就不再是情窦初开那么简单,她会强迫自己去捍卫那个男孩子,还有他们的感情。从现在起,她就要把自己的一意孤行当成飞蛾扑火,把自己的撒娇任性当成夸父逐日了。当然,几年以后,她自己也会把这种小题大做看成一个笑话,可问题是,我能看到几年以后会发生的事情,但是她不能。眼下,她的世界,就只剩下了这个耳光,一如我当年的那条辅助线。她非常奇怪地对满屋子的人微笑了一下,然后倔强地昂首挺胸地走了出去。

郑东霓抓起她的外套,急匆匆地说:"三婶,你别急,我去追她。""不用你去!"三叔无奈地站起来:"我去!"一面慌张地出门,一面重重地扔给三婶一句,"你这样有什么用?能解决什么问题?"

也好,就让三叔去会会苏远智,会是场好戏。但是我现在没有心情去想象好戏的场景了。因为当客厅里一片寂静的时候,三婶看上去像是苍老了好多。只有小叔还在小声嘟哝着:"怎么这样,我都要赢了。"

厨房里的情形怪异得很。所有的菜都已经切好整齐地放着了,油锅早就架在炉子上热过,又冷掉。三婶愣愣地坐在这一片井然有序中,脸上的表情就像是发现戏台已经搭好,脸都已经勾上了之后突然没了观众。我站在她面前,我只能说:"三婶,你要不要喝水?"

她慢慢地摇头,她说:"西决,她最近整个人都变了,整天就是对着镜子换衣服。我就是再傻,我也知道什么叫女为悦己者容。你们是真的看不出来,还是装糊涂?"

我说:"三婶,你不要太担心。其实南音是个很有分寸的小孩,知道自己在干什么。而且,她在学校里的成绩还是可以的。一点都没有退步。不像你想的那么糟。"

"我不是只担心她的学习。"三婶烦躁地冲我挥挥手,"太早了,太早了啊。"她像是自言自语,"西决,她和你不一样。我不担心你。她是女孩子,她错不起的。"

"三婶,"我笑了,"时代不同了。没有谁是错不起的。其实早一点也没什么不好。早经历,早免疫。"

"你当然可以这么说了,因为你不是她妈妈。"三婶的笑容看上去脆弱无力,她又变回了平时那个温柔的样子,"她从小就喜欢跟着东霓学,东霓干什么她就要干什么。所以我心里不踏实,我怕她变成——"她像是才意识到自己在说什么,骤然打住,眼神里掠过一丝腼腆的尴尬。我的三婶很善良。她觉得她自己可以在心里这么想,可是若是明明白白地说出来,就是错的。

我不失时机地把厨房的水龙头拧开,拧到非常大。为了让她以为,水声这么大,所以我什么也没有听见。果然,她的神色就缓和了。她泰然自若地跟我说:"不用你帮忙,你出去陪陈嫣聊天。告诉她不好意思,那个死丫头,叫她见笑了。"

我知道我没有多心,陈嫣是真的不大高兴。但是我不知道为什么。

"你怎么了?"送她下楼的时候,我这么问。

"怎么也没怎么。"她眉宇间凝了一层薄薄的冷峻,我不会看错。打我从厨房里出来,看到她一个人坐在客厅的沙发上看杂志的时候,就发现她表情不正常了。

"陈嫣,你瞒不了我的。"我伸出手臂,搂住她的肩膀。我们已经快要走到小区的门口。初冬的傍晚,空气都是寂寥的。

"我说过了没怎么。"她生硬地挣脱我,"你听不懂吗?少做出这副样子来。开什么玩笑,我瞒不了你?那是因为我不想瞒你。我若是打定主意想要瞒你,你照样什么都发现不了!你根本就不了解我!我受够了,受够了你,受够了你们家的大小姐郑南音,也受够了你们家!"说到最后,她已经是在喊了,脸涨得通红,眼睛晶莹得像是含着眼泪。

"陈嫣?"我错愕地看着她,"你想吵架?南音惹你了吗?她今天连话都没有跟你说,她怎么得罪你了?"印象中,陈嫣从来没有这么失控过。

"她当然惹我了,她就是惹我了。我今天算是见识了,你们全家人让我见识了,什么叫真正的大小姐。"她停顿了一下,刚刚还像是打了兴奋剂一样,似乎是突然之间,整个人颓然了下来,"不就是小孩子交个男朋友玩玩过家家吗?值得这么兴师动众的吗?全家人,爸爸、妈妈、叔叔、哥哥、姐姐,大家都得围着她转,她那点破事儿有本事搅得这么多人陪着她演戏。好看,真是好看,有红脸、有白脸,有人圆场,有插科打诨的龙套,还有动作场面。刺激呀,情节曲折,高潮迭起。她会不会这辈子都认为她走到哪里都是女主角了?你们家让人恶心,郑西决,你知道吗,这让我恶心!就算我们结了婚,就算我成了你们家人,你也休想让我陪着你们演这种戏,休想让我像个小丑一样去伺候你们家大小姐,听明白了郑西决!你休想!"她停了下来,狠狠地盯着我,重重地喘着气。

"等一下,陈嫣。"我做了个投降的手势,"你公平一点。南音不过是个孩子。从她一出生,她就是我们大家的中心。这是我们每个人愿意的。如果我们大家都太重视南音这件事情让你不高兴的话,我没有话说,可是这不是你用来攻击南音的理由。"

"原来你知道是什么让我不高兴。那你罪加一等!"她抡起她的小包,朝我肩膀上砸,"你明明知道的!你明明知道你的妹妹那么幸运,可是我呢？我高中的时候被学校开除，家里甚至没有一个人来骂我一句。我告诉我妈我考上大学的时候，她一边摸麻将牌，一边说：'知道了。'我上大学以后，家里几乎没有给我的宿舍打过电话问问我喜欢不喜欢这个学校，习惯不习惯外地的生活！我是怎么长大的，我不愿意说，我不愿意让别人可怜我！可是这并不代表我不希望你知道。我一无所有，所以我要我的男人把我放在第一位！你呢，直到现在你都还在维护她，你还要说我无理取闹——"

我紧紧地搂住她，把她的脸贴在我胸口上，那个靠近心脏的地方："对不起。对不起。"我亲着她的脸，她的额头，她的耳朵，"我道歉。陈嫣，我爱你，你明不明白？"

她不说话，她温热的呼吸和我心跳的声音呼应着，我知道她哭了。

第四章 若琳

"陈嫣,你确实从来没有跟我说过,你是怎么长大的。你不怎么说你的家,我于是也不怎么问。我不是不关心,而是,那本来不重要。我们俩是要结婚的。我们俩会有一个自己的家——"

她仰起脸,打断我:"在这个自己的家里,我会是最重要的吗?"她的脸上泪痕犹存,动人得很。

"那还用说?"我斩钉截铁。

"那你告诉我,如果我和你家郑南音同时掉进水里了,你只能救一个,你救谁?"她表情认真地提出这个愚蠢的问题。

"你。"就让我暂时忽略陈嫣会游泳,但是郑小兔不会这个事实好了。

"真的?"她笑了,"那么,要是为了救我的命,你必须亲手杀掉郑南音呢?你肯不肯?别对我说那不可能,也别说什么你会想个更好的办法。我只要你回答我,肯不肯?"

"陈嫣!"

"回答我呀,你肯不肯?"她的眼睛里有种简直可以称得上是"光芒"的东西。

"为了你,我什么都肯。"我咬了咬牙。

"正面回答。你杀,还是不杀?"她毫不退让。

"我……我……"我闭了一下眼睛。陈嫣挣脱了我,掉头就走。

我抓住她的手腕,像个白痴那样急切地说:"我杀,我杀。行了吧,陈嫣?"小兔子,原谅我。哥哥是乱说的。你知道这是不可能的。你要知道,其实她也不是真心的。她只不过是太急着想要证明一件事情,然后采取了最笨的方式。

她愣了一下,然后紧紧地拥住了我。她的指甲居然那么用力地掐在我的手背上,火辣辣地疼痛。"原谅我。"她说,"西决,我疯了。别跟我认真。我真的是疯了。"

我终于把她送上公车的时候,发现月亮升起来了。一弯新月,薄如蝉翼。我长长地叹了一口气,说不好为什么,所有的一切都让我不舒服。

在我的面前,载着陈嫣远去的公车是鲜艳的;在我的身后,我们去年刚刚搬进来的小区也是鲜艳的。只有横亘在这鲜艳的两个端点之间的街道,一如既往地陈旧。我童年时代走街串巷的小贩不见了,取而代之的,是一个又一个小小的便利店,烟店,药店。我童年时代就一直在那里卖水果的小贩们还在那儿,似乎对他们而言,这时光从未流逝过。尽管我知道,现在的他们,和我小时候的他们,已不是同一批人。

然后我意外地看见了郑东霓,她坐在小区里面的长凳上,裹着她的风衣,出神地看着外面的街道。

"不冷吗?"我问她。

她微笑,点上了一支烟。

"你不是说你戒了？"我问。

"跟你说的时候，是真的戒了。"她慵懒地说，"可是后来，又开始了。我每天都跟自己说，郑东霓，你这样下去要得肺癌了。有的时候我都觉得我一定要得肺癌了。我已经得肺癌了。我的肺已经变成灰色，变成黑色的了。越这么想我就越害怕，越害怕我就越心神不宁。然后我就想，我得抽一支，让自己镇定一点。"她笑了，"郑西决，我是个无药可救的人。"

也不知为什么，每到这种时候，我就觉得，她其实非常像大伯。

"最近我老是在想……"她歪着头，看上去真是一副冥思苦想的样子，"也不知道美国的冬天是什么样的。小城里，一定很冷吧。"

我不知道为什么小城市就一定要很冷——更何况还是一个出产热带植物博士的小城市。不过她说话向来逻辑混乱，我早就习惯了。她说："我特别怕冷。每当我想到那边会不会很冷的时候，就总是想起来，小时候有一次，我爸爸带我到他们车间里去看高炉。你根本不知道那个地方有多壮观。"她看着我，"铁全都熔化成了水，火光映得金灿灿的。我还以为是池塘呢。我爸爸说，若是不小心，掉到这锅铁水里面，人就完完全全变成灰了，什么痕迹都找不到。当时我想那该是多美的一件事情呀。多暖和。我这个人熔化了，变成了这么烫、这么红的血液。你随便捞起一把来，那都是我。我老公告诉过我，金门大桥的夜景很好看。其实不管是纽约还是东京，巴黎还是上海，有什么夜景能赶得上我看见过的呢？又黑又暗的车间里，一大锅液体的太阳，那才是真正的火树银花。"她把烟头扔在地上，踩灭了，"今天几号？"

"11月15号。"我说。

"再过一个多月，我就要走了。也好，我该走了。"她把手伸进口袋里，呵出一团悠然的白霜，"再不走的话，三婶就要担心死了。"

"你，听见了？"我有点不安。

她凝视着自己精巧的鞋尖："我是想去厨房帮忙，不小心听见的。其实郑小兔怎么可能变得像我一样呢？她的运气比我好那么多。"

"你想太多了，三婶没有坏的意思。"

"不用你婆婆妈妈的，我又不是林黛玉。"她拍拍我的肩膀，"咱们去街口喝丸子汤，好不好？天气只要一变冷，我就做梦都想喝丸子汤。像咱们小时候那样。"

"有一次我们两个人身上加起来只有6毛钱，不能买两碗，就只买了一碗大的。然后你说，我比你小三岁，所以你可以让我先喝三口。剩下的，必须要两个人平分。"

"你知道我为什么要让你先喝三口？"她一瞬间又得意得不得了，"因为我不喜欢芫荽的味道。可是芫荽都在表面上漂着。所以我就让你先喝，替我把芫荽都清理掉。"

"你以为你聪明？我当时就知道。"我揭穿她。

她终于笑了。非常开心的那种笑。

我气疯了。真的气疯了。

当我亲眼看见郑南音和苏远智肩并肩朝我走过来的时候，我没有想到，我的感觉竟然会像是有人在我面前扔了一个炸弹。

我下楼梯的时候，看见他们俩迎面走了上来。堂而皇之地在学校主楼的走廊里，随时都有可能和老师、教导主任，乃至校长擦肩而过。所有的小恋人当然也知道分寸。他们并排行走的时候懂得保持一点微妙的距离，任何意义上的身体接触都是没有的——可是你说奇怪吗，两个并排行走的男孩女孩，哪对是男女朋友，哪对不是，总是一目了然。

比如该死的郑南音。当她站在那个名叫苏远智的败类身边时，我发现，我几乎不认识她。那个装疯卖傻的郑小兔不见了，那个在家里呼风唤雨作威作福的郑小兔似乎从来未曾存在过。我从不知道，郑南音可以有一张如此柔软的脸。这真的是她吗？一样的马尾辫，一样的校服，一样的卡通手表——可是她为什么变成了一个小新娘？所有属于她的年龄的生涩的气息全体无影无踪。她的脸上、眼睛里全都是暖洋洋的，甚至是水灵灵的温柔。似乎她是今天才来到这个世界上，所以对周遭的一切，她都怀着善意的好奇心。她的眼光无意识地扫过楼梯的扶手，扫过地板上大理石和大理石缝隙之间的污垢，扫过从窗子里透进来的那一缕承载着无数灰尘的阳光。就在几个月前我还嘲笑她像个斜视儿童，可是现在，就连我都会认为她的媚眼是浑然天成的。然后她的眼睛就停留在了苏远智的脸上。他们默契地相视一笑。

我恨这样的相视一笑。为什么，这个小子在看着南音的时候满脸都是气定神闲、心安理得的满足，可是南音的眼睛里除了沉醉，还是沉醉？这不公平，这对我家南音一点都不公平。我想我的脸色估计是很可怕了，以至于在这个时候跟我打招呼的学生的语气都是犹疑不定的。

我站在楼梯最顶端，看着他们拾级而上。郑南音似乎是刚刚察觉到我的存在，甜蜜地对我一笑，说："郑老师好。"过去她从来不会这么顺从地称呼我，当她在某些场合不得不叫我"郑老师"的时候，从来都是用一种夸张到嘲弄的口吻。可是现在不同了，她的语气在传达一种微妙的距离，我似乎真的只不过是一个"郑老师"而已。

我失去郑小兔了，所以，我想杀人。

小叔的办公室里空荡荡的，除了他，所有的老师都去吃饭了。因此我破门而入的时候非常心安理得。小叔从一沓本子上抬起头:"怎么了?"

我恶狠狠地说:"你为什么不是校长?你要是校长的话,就可以开除那个苏远智。"

"就算我是,我也不能想干什么就干什么。"小叔慢条斯理地微笑着,抬起头看着我。

"你不明白。"我倒吸了一口凉气,"小叔,郑南音认真了,她不是在早恋。你懂不懂?"

"我当然知道。"小叔端起面前的水杯喝了一口,"别忘了你现在已经不给她们班上课了,可是我还是她的语文老师。我比你有机会看见她,也顺便看着她和那个男生眉来眼去。"

"你开什么玩笑,什么叫眉来眼去?"我打断他,"哪有叔叔这么说自己侄女儿的。"小叔其实只比我大十四岁,因此我与郑东霓跟他相处起来,很多时候都更像狐朋狗友。

"西决,顺其自然。"小叔依然是慢条斯理,"顺其自然比什么都管用。事情都是这样的,可大可小,全在于你自己怎么看。"

"算了。"我悻悻然,"跟你说不明白。我下去买盒饭了,你要哪种的?"

心情激动的时候,最好不要和小叔说话。因为他的慢条斯理永远是一盆最冷的冷水,迎面浇过来之后还能让你多添一层郁闷。印象中,我从来没见过小叔着急或者生气的样子。不记得从什么时候起,可能是十几岁的时候吧,每当心情很差劲的时候,我就喜欢来找小叔。我不会对他倾诉任何具体的事情,我只是在他面前坐着。看着他改作业本,批考卷,或者是用一个又一个的两位数把成绩册填满。我有时候会无意识地翻看他桌上那堆改好的本子,一个又一个陌生的人名在我眼前蜻蜓点水地掠过，从这个名字上，从他们的字迹上，从我小叔给的红色批语上，我喜欢想象他们都是些什么人。他忙完手头上的事情，才会抬起头来，像是突然发现了我那样，对我笑笑。其实我们两个人，都非常享受那种对方当自己不存在的感觉。就这样，十分安静地，几个小时就那么悠然地过去了。十几年，就这样悠然地过去了。除了小叔的肚子日益明显之外，我们就像两株和平共处的植物那样，什么都没有改变。

他们都说，我是因为跟小叔太亲近了，才会选择他的职业的。谁知道。

现在我和他成了同事。其实我能到龙城一中来教书，跟我的大学同学们相比，算是有运气了。谁都知道，龙城一中不仅在我们省，在整个华北，也是赫赫有名。我的大学在全国的师范大学里不是排不上号，可是龙城一中的门槛之高，的确有些盛气凌人的味道。信不信由你，和我同一年进来的年轻老师里，有好几个都是硕士学历，还有两个，大学的名字一报出来，我都愣了一下。也不用问以那样一张文凭，干吗不去写字楼里做人模狗样的白领，却到讲台前面给小孩子们分析高考重点了。如今的人们都精明无比，会做这种选择，自然是认为自己不会赔本。

当然，当然，要往好的方向看。这是一个只要不出意外，就能稳定一生的职业。不可能发大财，但是衣食无忧。并且只要你老了，自会有人跳出来说你桃李满天下——不过这应该是很久之后了吧，到那个时候，我可以温暖地回忆着，五十年前，别人曾经礼节性地叫我"帅哥"。我可以告诉我的孙子，半个世纪以前的人们管长得类似爷爷我年轻时候那样好看的男人，叫"帅哥"。这听上去不错。我不像郑东霓，外面的世界固然大，固然好，可是生活这个东西，说穿了，哪里不一样？她那么聪明的一个人，不知为何，总是看不透这一点，总是义无反顾地折腾，好像非得把属于故乡、属于平凡生活的烙印全都打磨掉，就可以证明自己不同凡响。

况且她还总是讽刺我，越来越像小叔一般闲云野鹤。

可是小叔。小叔。我该怎么说？

我永远不会忘记我来龙城一中应聘的时候，当我讲完那节公开课，走下讲台，心里就有了好的预感。虽说最终能否被录用还不知道，但是从校长到几个资格最老的教师，眼睛里都是微笑着的。然后，一个刚刚退休的特级教师拍了拍我的肩膀："后生可畏，后生可畏。"再然后，他意味深长地说："听说你是郑鸿老师的侄子？没想到，真没想到。小伙子，你会有好前程。"

我明白他的意思。他其实想说，我会有比我小叔好的前程。更可悲的是，他认为他这是在真心实意地称赞我。

在这个学校里，我的小叔是"自毁前程"这个词的活标本。算了，算了。都是很久以前的事情，不提也罢。我只能说，过去的小叔，不是现在这样的。也并不是多久以前的过去，十年前吧。那时候我上初中，郑东霓上高中，小叔是郑东霓她们班的语文老师。十年前的龙城一中，有谁不知道，郑鸿老师是多少高中女生的偶像。每年开学，郑鸿分到哪个班教语文，哪个班的学生就像是过节一样。郑鸿老师并不是什么英俊的男人，中等身材，长得也大众，而且用现在的眼光来看，十年前人的穿着打扮，怎么说也是比较土气。可是，用郑东霓的话说："小叔一站在讲台上，整个人会发光。"

这句话，我信，并且我明白这是在说什么。

那个狭窄的讲台上，就像有一道炫目的追光，暗淡了所有讲台下面的学生的脸和眼神。我们的小叔就在这错觉般的闪亮中，判若两人，化腐朽为神奇。他口才其实好得很，滔滔不绝，给很多孩子们打开一扇从未开启的门，并且懂得在合适的时候开一个合适的玩笑。他会在某篇课文的小角落里，意想不到地，联想起一些有关于文学、有关于历史的掌故。语文课本就这样，在小叔的手里变得鲜活，有了生命。哪怕就是讲最没意思的语法，他也能告诉学生们，这些现代汉语的规则从哪里来，于是他就开始说刘半农，说赵元任，说胡适，说新文化运动，说一些看上去枯燥的概念怎样在一场场鲜活并且妙趣横生的争论中被确定下来。我记得那个时候他说："我只是想让你们明白，知识这个东西，其实就像我们每个人的生命。从萌动，到发育，到成长。有童年时代，有青春发育的时候，也有成熟期。也会生病和衰老。这里面有很多的故事，有很多了不起的人付出思想最精粹的部分，付出心血，甚至感情。"他的眼睛在发亮。我相信，那个时候的小叔，用他自己这个人，让很多懵懂的少年人明白了，修养这个东西就像血管一样，可以盘根错节地生长在一个人的血肉之躯的最深处，不可分割。

喜欢他的学生对他如痴如醉，不喜欢他的学生则是认为他太过卖弄，太爱讲跟高考无关的东西。那个时候，有很多场学生之间的纷争，皆是因为有人攻击他，有人自然要维护他。他自己却还没有意识到，当一个人可以引得喜欢他和讨厌他的人之间硝烟四起剑拔弩张的时候，他就早已成了角儿。

只是，这一切都已成往事。如今没有人会把小叔和那年的郑鸿老师联系在一起。如今，他只是一个中规中矩地上课，下课就沉默寡言的中年人。中年人，是的，其实他不过三十八岁。有很多人在这个年龄风华正茂，但是他老了，他的脸上明白地写着"得过且过"四个字，他得凭借宽大的衣服来遮掩自己的肚子。

我坐在深夜的书桌前，一边胡思乱想，一边无意识地划动着鼠标。

没事的时候，我喜欢去龙城一中的学生论坛上逛逛，看看这帮精力过剩的孩子一个个隐藏起真实身份，骂老师，骂校长，骂高考。有时候骂得妙语连珠，逗得我笑到肚子疼，不由得感叹我的学生们其实比我聪明。只不过我从来不会注册马甲上去发言或者凑热闹——不是没有老师喜欢这么干的，但是总是被学生们毫不留情地揭穿。我有我的原则。我没有任何理由不尊重这些孩子，但是该保持的距离必须保持。聪明地用合适的方式保持不同身份之间的距离，是维系任何一种社会关系的精髓所在——其实这都是小叔教给我的。他什么都明白，但是什么都懒得经营。

然后我就看见了那个帖子的标题——"说说郑鸿老师"。

我打开，一层楼一层楼地，饶有兴致地看学生眼里的小叔。这个帖子不够热，回的人很少。我的小叔在网络不普及的年代里也是风光过的，互联网蓬勃了，在它存在之前的良辰美景就黯淡了。现在这寥寥几个帖子，无非是说小叔为人散漫，什么事情都不着急，还有人说小叔上公开课都迟到过，并且无视后面的校长铁青的脸。没有人说小叔讲课精彩，却有人抱怨他的课无趣，说他从来不鼓励标新立异一点的作文。唯一让我心生安慰的是，有个帖子说不管怎样郑鸿老师讲文言文还是好的，深入浅出，看得出功底，比别的语文老师都强。我苦笑，郑鸿老师的精彩处怎么只剩下这一点。

然后我就看到了那最后的一个回帖。

"你们知道吗，十年前郑鸿老师是龙城一中最受欢迎的老师之一。后来不被学校重用是有原因的。那是一个类似琼瑶阿姨的故事哦。郑鸿老师跟女学生谈恋爱，从此名声就完蛋了，还因为这件事情离了婚呢。"

我的脑袋"轰隆"一声炸开了。有那么一瞬间，觉得眼前的景物像是图像出故障时候的电视机，一片灰白的，由无数斑点组成的雪花在我脑子里嗡嗡地响。人，想要保守一点秘密，还真是不容易。

"哥哥，哥哥。"正在我六神无主的时候，郑南音在外面敲门。

我下意识的反应居然不是关掉网页，而是关掉了电脑的电源。按着按钮的时候发现手指居然在轻微地颤抖，不禁嘲笑起自己的慌乱来。

"郑西决！"这个丫头在家里的时候就原形毕露，"我数三下，你再不开门我就闯进来了，我可不管你穿没穿裤子。"

"1，2，2.5——"我"呼啦"一下把门打开了。她笑嘻嘻地看着我，两只手放在背后，身上穿着一件印着麦兜头像的小睡裙。

"郑南音，"我咬牙切齿，"你长大以后会是个泼妇。"

"月考考卷发了，请家长签字。"她依然笑眯眯的，怪不得我说她会变成泼妇的时候，她没有跳起来打我，原来她是求到我头上来了。

"找三叔三婶去。我不是你家长。"我恶狠狠地说。

"不行。"郑南音使用她一贯的无辜的口吻，"我们刘老师说了，他要看见郑老师的签字。"

我打开一看，愣了一下："78，还行啊。比我想象的好。"

她笑得更加无辜："我也觉得还行，不过满分不是100，是150。"

"什么——"我对准她的屁股踹了一下，"你还有脸说。"

"我去校长那儿告你，你打学生——"她委屈地瞪着我，"谁让这个考卷设计得这么糟糕嘛！非得折过来折过去的，我就是这么折来折去的时候不小心把两面没做的题折进去了，没有看到——"

"去死吧。"我丝毫不予同情，"你是不是猪啊。"我戳戳她睡衣上的麦兜的脑袋，"还穿这种衣服，还穿，你就让它潜移默化影响你吧，你蠢死算了。"

"那好。"她认真地点头,"明天换,换成那件印着柯南的。"

"签字,签字。"我一边寻找着钢笔,一边敲了一下她的头,"我就签四个字怎么样:笨死算了。或者我签一句话:早恋影响学习。"

"哥哥!"她哈哈地笑,恐怕只有这种笑声才配称为是银铃般的。每一次,听着这样的笑声,看着她娇嫩的小面孔,我就没有了任何脾气。

"有不懂的地方就去问老师,不好意思问刘老师就回来问我。"我习惯性地唠叨两句,突然想起了什么,"你那个苏远智考了多少?"

"忘了,一百多吧。"她努力地想了想,还是想不起来,我说过的,她智商低。

"既然人家比你学习好,在这点上你就应该向人家学。尽管我看他不顺眼,可是你们俩既然交朋友,就趁机多学学人家的优点——"

"你有完没完。"她捂耳朵。

"还有,给我记住了,不管他怎么要求,你都不准跟他上床,在你考上大学之前绝对不许做这件事情,懂了没有?"

"臭流氓——"她尖叫,捡起枕头来砸我。

"行了,你可以滚回去睡觉了。"我把考卷还给她。

"等一下,哥哥。"她的语气忽然认真起来,身子朝我凑了凑,"我想问你一件事情。"

"干吗?"我做惊恐状,"又要跟我聊'感情'?"

"我听说,小叔年轻的时候跟他班上一个学生好过,小婶为了这个和他离的婚,是真的吗?"

"你听谁说的?"我想我的表情变得严肃了。

"其实早就有人这么说,不过我过去没有当回事。今天我们班有人议论来着,说是在论坛上看到有人发帖子,就是不知道是不是真的。"

"你要是再听见有谁这么说,就去大嘴巴抽他。"

"求你了,哥哥,告诉我吧。我又不会去乱讲。我已经是大人了呀。"

"其实我并不知道多少。真那么好奇,你就去问郑东霓吧,她那时候是小叔班上的,自然知道得比我多。"

"东霓姐姐今天痛经,她很早就睡了,你以为我不想问啊。"她噘嘴。

那是我们大家的禁忌。我是说,十年前的那件事情。隔了这么久,我依然清晰地记得,那段时间大人们避着我们,神情紧张而复杂地谈话,依然记得半夜醒来隔着门缝看到客厅里透出来的灯光,大人们个个正襟危坐,夜再深也没有散的迹象,当时的小婶翻来覆去就一句话:"三哥,三嫂,你们对我的好我记一辈子,但是我要离婚。"还有那个不时被我偷听到的,代表羞耻和罪恶的名字,唐若琳。没错的,我自己都没想到我对这个名字印象会这么深。

没有谁知道那到底是怎么开始的。或者最初,那无非是一个优秀的语文老师对一个作文很好的学生的偏爱。渐渐地,事情的性质有了变化。郑东霓说,那个叫唐若琳的女孩子是瘦小和苍白的,性格孤僻,来自一个破碎的家庭,在同学里人缘不好。当然了,若她能像郑东霓那样从小被一大群男生追着捧着,她自然不会稀罕一个欣赏她的语文老师停留在她身上的关注的目光。可是偏偏,她就是掉进去了。

我确信,事实的真相,绝对不是外界传闻的,男老师引诱无知女学生那么猥琐的版本;也不会是三叔三婶认为的,小叔只是因为跟小婶感情一直不好,所以一时糊涂犯了错。人们总是愿意为身边发生的事情寻找各种各样复杂的理由,却往往忽略了最简单的那种可能性:若是抛开老师和学生这种尴尬的身份差别,一个二十八岁的热情天真的男人，和一个十七岁的敏感早熟的女孩子之间，为什么不可能产生一点真正的感情？

热情和天真，或者说，因为天真所以热情，是我们家的大人们共同的特质。大伯，我爸爸，还有小叔——可能只有三叔是个例外。他们秉性如此，然后就像块吸铁石那样，在不知不觉中，吸引人海里和他们同样天真的女人。天真其实不是一个褒义词，因为很多时候，它可以像自然灾害那样，借着一股原始、戏剧化、生冷不忌的力量，轻而易举地毁灭一个人。我想小叔最终还是意识到了这个。所以在身败名裂之后，他选择了收敛。

也不能说是选择吧。人其实没有多少选择的余地的。

我清楚地记得，在整件事情告一段落之后，曾经的小婶搬回了自己的娘家。因为小叔重新变回了单身，所以学校收回了分给他的那套公寓房，于是他搬进了学校当时提供给单身年轻老师的宿舍。20世纪50年代建造的房子，阴暗的楼道里一股刺鼻的、腐朽的味道经久不散。我去帮着小叔搬家。十几岁，正值青春期的男孩子其实非常高兴能帮大人们做些体力活，因为这可以证明他已经长大了。不过，其实那天，我十四岁的、茁壮的力气没有什么用武之地，因此格外尴尬。所有的家具和电器都让小婶拿走了，小叔的行李只剩下几只简单的旅行袋和几架子的书。在那间单身宿舍里，我只好非常仔细，甚至是过分热心地整理那些书。一本一本，分门别类地把它们码在那张铁架床的上铺，那张简易的床看上去岌岌可危，我稍微用力一点地放置那些书的时候，都可以感觉到它轻微的晃动。然后，灰尘就从油腻发黑的床板上飘起来。我沮丧地发现，我必须要把这些书全体搬下来，把这个床板重新好好地擦一擦才可以。

"你有没有不要的旧背心、毛巾什么的？"我犹疑地问小叔，那些天来，我很怕跟他说话，因为我知道他很怕跟我说话，所以我才觉得手足无措的。

"有吗？"我重复了一遍，"用来做抹布。"想到清扫我就头疼，因为必须要到走廊尽头那个更为昏暗和腥臭的厕所去打水。那一瞬间我想起了小叔和小婶过去那套小小的、温暖明亮的一室一厅。然后，终于切肤地明白了，小叔已经摧毁了他自己的生活。

然而这只不过是开始。

第五章 你是我的江湖

不用讲学校里那些视他为偶像的女生怎样在一夜之间换了一张脸孔了，就连郑东霓，都像是变了一个人。那些日子，十七岁的郑东霓拒绝和小叔说话，饭桌上，她冷着一张脸，我们谁都可以看出来，小叔在刻意地和她开玩笑，那种眼神里的小心翼翼可以算得上是在讨好她。但是她就是不理不睬，不管场面多么尴尬。她性格里其实有种非常残酷的东西，在那段日子里发挥得淋漓尽致。

"姐姐。"那个时候我还是肯这样叫她的，"你不应该这样对待小叔。"某一天，我找到她们班的教室里，把她叫出来。

"用不着你来装好人。"她轻蔑地看着我。尽管我十四岁的个头已经超过了她，可是她仰着脸，依然像过去那样用眼角看我。少女时的她和娇嫩的郑南音完全不是同一个类型，她比现在瘦很多，整个人就像一个金属制成的冰锥，精致的脸庞散发着寒气，眼神里的热情和专注全是以冷酷为能量，才得以妖娆地燃烧。那些同龄的男生为她疯狂，她当然看不起他们，可是这种疯狂给了她惩罚所有人的权力。至少她自己是这么认为的。

"姐姐，小叔现在很惨。"我努力地吞咽着唾沫，"你没有去过他现在住的地方，可是你能想到，那是咱们学校最脏最破的一栋楼——"

"他活该。"郑东霓心满意足地点点头。

"姐姐！"我愤怒地看着她，"你怎么可以帮着外人一起落井下石。"

"因为他比外人更让我恶心。"她轻松地说，"我们班里的女生们现在每天都在议论这个，议论郑鸿老师和唐若琳那个贱货。我告诉她们，想议论的时候不用背着我，想说坏话的时候也不用背着我。我不会不好意思，而且我会陪着她们议论，我总是能想出来一些她们都想不出来的难听话——"

"你怎么能这样。姐姐，我们是一家人。"我从十几岁的时候就是如此，当我真的非常生气，或者非常高兴的时候，反而觉得把这种强烈的感情表达出来会很累人。因此我在心里波涛汹涌的时候，往往会选择最平静的语气。

"一家人。得了吧。我用不着这样的一家人。"郑东霓幽深地看着我，看到我的灵魂里面去，"你有家吗？明明是寄人篱下，还总是张嘴闭嘴地用'一家人'来压我，我看不惯你这副奴才相。"她缓慢地微笑，嘴唇弯出一个美好的弧度，露出的两排贝齿和她眼睛里的嘲弄一样，雪白而晶莹。

我知道这个时候我该怎么打败她，我应该说："你只配做大伯大妈那种父母的女儿，因为你和他们一样恶毒。"就这么一句话，足够了。就能像她伤害我那样，重重地伤害她。可是我没那么说，因为我不愿意为了自己一时的满足让她难过。这就是我和她之间的区别。仓促间，我说了一句非常孩子气的话："郑东霓，你是个贱人。"

她笑出了声音，她说："麻烦你去告诉郑鸿老师，这个星期，我们全班同学都不会交语文作业本、周记本,还有作文本了。这当然是我的主意,我挑的头。他可以去找我们班主任告状,但是我们班主任理不理他,那我就不知道了。"

为什么郑东霓要带着大家这样羞辱小叔,我不知道。我至今都不知道。

然后,有好几个月,郑东霓她们班,真的没有交过小叔的任何作业。这当然是郑东霓的杰作。她自己就是语文课代表,他们班又有那么多心甘情愿服从她的男生,和那么多真心实意地愿意表现自己不满的女生,因此,郑东霓成功了。大半个学期,郑鸿老师收不上来任何一本作业。当然,这和小叔在学校里受到的种种蔑视、嘲笑和冷眼相比,根本不算什么。整个学校都知道了,那个身败名裂的郑鸿老师还得应付一个公开跟自己作对的侄女。郑东霓太傻了,真的太傻了,她不知道,她竭尽全力伤害自己的亲人,想要维持尊严,在别人眼里,却早已沦为笑话的一部分。

有一天,是小叔的语文课,小叔走上讲台之后,习惯性地说了句"上课"。那天正好是班长请病假了,就没有人来说"起立"。尴尬的一秒钟的静默之后,开始有人零落地站起身来,就在这个时候,教室的一角传出来郑东霓清脆利落的声音:"大家都坐下。"

站起来的那十几个人最为尴尬,他们环顾四周,发现站起身来的自己就像一片荒芜里枯死的树木。有人把犹疑不定的目光投向了讲台,但是没有用,我的小叔像是什么都没听见一样,在摆弄黑板擦。

当又有两三个人站起来的时候,郑东霓继续说:"我刚才说了,坐下,大家都坐下。"我虽然不在现场,可是我能够想象出来她平静、凌厉的声音。就像是很多年前,她说:"三叔,你们走吧。别管我们家的事情了。"

于是没有人继续站起来了,站起来的人有一半坐下了,当"上课起立"这个平时司空见惯的过场演变成一场阴谋的时候,他们觉得最好的选择是尊重大多数人的意见。郑东霓端坐在教室的角落里,美丽地微笑着。

"坐下。"她继续抑扬顿挫地命令站着的几个人。

"郑东霓,你不要太过分了。"有一个站起来的女孩子终于开始反抗了。她曾经是小叔最死忠的粉丝,即便是现在,也对小叔保存着最后一点尊重。这个女孩子叫江薏,有趣的是,很多年以后的今天,她是郑东霓最好的朋友。

"江薏,你不要太夸张。这又不是我一个人的意思。"郑东霓懒洋洋地在她的座位上换了一个姿势,就好像她正坐在一张无比华丽和温暖的沙发里,"你自己看看,现在是坐下的人多,还是站起来的人多?"

"站起来,都站起来呀!"江薏甩了甩头发,朝着空旷的教室,不管不顾地喊着,"你们都怎么了?你们难不成还真的怕她?"但是没有回音。坐着的人都面面相觑,拿不定主意该投靠哪一边,仅存的那几个站着的人更加难堪了,因为不是每个人都愿意跟着江薏和郑东霓作对。

"郑老师!"江薏转过了脸,热切地盯着讲台的方向。

"江薏,请你坐下。"沉默了很久的郑老师终于说话了,语气很平静,然后他说,"请大家都坐下,我们开始上课了。"

寂静。非常彻底、非常辽阔的那种寂静。每个人似乎都在为郑老师的退让觉得尴尬、不忿,或者脸红,除了他自己。他长长地深呼吸了一下,对着所有的人温暖地微笑了,他说:"今天这节课,和上一节一样,我们做现代文阅读的练习。"

从那一天起,小叔走上讲台的时候,再也不说"上课",也因此,没有人"起立"似乎也变得不那么难看。

已经过去了十年,我却依然记得那天,那个幽暗的、飘着霉味的楼道里潮湿和冰冷的气息。因为我在不顾一切地奔跑,因为我不顾一切的脑袋里充满了疯狂的、想打人、想杀人、想号叫、想把眼前的一切景物变成废墟的念头。从我不顾一切的眼光看过去,那个阴暗的走廊有一种萧条的快感,我清楚地听见自己的奔跑带起了身边的一阵风,我清楚地知道谁挡我的路我都格杀勿论。我的身体像个燃烧弹那样,炸开了小叔的房间的门,那个声响震耳欲聋。一个十四岁的男孩子,想要表达自己的愤懑和不满,除了自己日益蓬勃的力气,还有什么别的工具吗?

小叔从书桌上抬起头,惊讶地看着我,说:"已经打过上课铃了,你怎么在这儿?"

我重重地喘着粗气,我说:"小叔,郑东霓这么嚣张,为什么你还要忍?"

他笑笑:"谁的话传得这么快,怎么连你都知道了?"

"整个学校都知道,小叔,大家都知道你连自己的学生都怕。"我弯下腰,手扶着膝盖,我的心脏像个黑子爆炸的太阳那样,滚烫地敲击着。

"随他们去吧,我不在乎。"他安静地说。

"可是我在乎。"那可能是我有生以来唯一的一次,如此直接地对小叔表达出来一些情感,"我在乎。你为什么要让他们这么对你?你为什么不去告诉郑东霓的班主任,告诉校长,他们联合起来整你?"

"西决,"小叔笑了,非常宽容的那种笑,"现在所有的人都在等着看我的笑话,等着找机会来给我难堪,我何必再去自己送上门给别人寻开心呢，那不是自取其辱吗？"

"那你辞职吧。"我说，"你别在龙城一中待了。不是有的老师辞职以后到南方去教私立学校吗？你也走吧，你在这儿还有什么意思？"

"你知道得还挺多。"他还是笑着，"别替我担心，孩子，他们会忘记的。过一段时间，他们自然会对另外的事情感兴趣，然后忘了在背后嘲笑我。"他从来没有叫过我"孩子"，从没有。

"那现在呢？难道你就这么忍着，什么都不做？"

"对。忍着，什么都不做。"小叔站起来，拍拍我的肩膀，他的手轻轻地握住了我颤抖的、紧紧攥着的拳头，"我能走到什么地方去呢？这班学生们已经高三了，他们马上就要去参加一个可能是这辈子最重要的考试。在这种时候，我怎么能丢下他们。"

"那就不能想个办法教训一下郑东霓吗？"

"如果一定会有一个学生站出来，领着头和我作对，我宁愿是她，不是别人。"

"为什么？"我一拳头捣在了那扇苍老的门上，"小叔，就算你真的不喜欢小婶了，你为什么不能找个别的女人，为什么偏偏是那个唐若琳！为什么？"

"西决，"他认真地看着我，"她已经离开学校了，她现在受的苦，一定比我受的要多得多。你答应我，不要再跟着别人骂她，行吗？"

"你不过犯了一个错，可是为什么这些人都因为这一个错忘记了你所有的好？"那扇门似乎在对我表示不满，"咯吱咯吱"地咳嗽着。

"有什么办法，总得忍耐。"他悠闲地伸了一个懒腰，"总有一天，等你变成了大人，你也学得会。"

"所有的大人都会忍耐吗？"我看着他，仓促地一笑，"不见得。我妈妈怎么就没有忍？"

"你不要怪她,西决。你妈妈她只是一时冲动,后果比较严重而已。她在天有灵,早就后悔了。你一定要相信这个。"

夜已经很深了,唯有在这样的时间,往日的对白才会如此清晰地被回忆起来。包括语气微妙的变化,包括一些偶然的停顿,包括那些句子和句子之间隐约的呼吸声。我把这些都告诉了郑南音。这个过程很仔细,也很艰难。我犹豫过,要不要跟郑南音描述郑东霓的恶行,但是最终我还是觉得应该说。既然我已经决定了把小叔的故事讲给她听,那么她有权利知道所有的情节。

她安静了很久,然后说:"东霓姐姐那么做,一定有原因的,对不对?"她抱紧了膝盖,像是怕冷。

我诚实地说:"我不知道。"虽然有原因并不代表可以被原谅,但是我还是会原谅她,她做任何事,我都会无条件地原谅她,当然包括她说我是寄人篱下的奴才。

"那后来,小叔和东霓姐姐是怎么和好的呢?"

"自然而然地,过了一阵子,就变得跟往常一样了,就像是什么都没发生过。"

"这样也可以啊。"郑南音困惑地说,这可怜的孩子脑袋里估计从来没在这么短的时间里装过这么多的事情,一时间转不动,也是正常的。

"为什么不可以?有时候,只要大家都愿意装作什么都没发生过,那就是真的什么都没发生过。"

"像绕口令。"她嘟哝着,一边捯着她的裙子的下摆,麦兜呆头呆脑的脸被拉长了,变成了一个类似哈哈镜里的表情,"不过,我不会因为这件事情不喜欢东霓姐姐的。"

"当然，我也不会。"

"小叔他真的那么说过吗？他说那个女孩子一定也受了很多苦？"她的大眼睛在暖暖的灯光下面凝视着我，即便她目不转睛，她的眼睛里也似乎总有水波在精妙地荡漾着，"他们两个人好可怜。"她惆怅地说。

我微笑。

"真的。"她认真地歪着脑袋，"我自己恋爱了以后，才知道，不管怎么样，两个人相互喜欢都是难得的事情。被别人这样对待，他们真的很可怜。"

"咱们过去的小婶一定不会同意你这种说法。"

"我讨厌她。"郑南音恶狠狠地说，"我才忘不了，我小学一年级的时候，奶奶病危了，大家都得轮流去医院。我妈妈就让我每天中午去他们家吃饭。她只有当着我爸爸妈妈面的时候才会对我好。要是只有我们俩，我不听话，她就过来使劲拧我的屁股。难怪小叔不喜欢她了，她心肠歹毒。"

"我同意。"我捧着笑疼了的肚子说，"现在你要去睡觉。"

"我都有点不敢和东霓姐姐睡一张床了，突然觉得其实我一点都不了解她。"她站起来，光着脚丫往门口走，转过脸，"哥哥，我现在是不是真的不能再像以前那样，和你一起睡？"

我简练地回答她："滚出去。"

关上灯，在周遭的一片黑暗里，我才想起，我还是有个细节，忘记了告诉郑南音。那是在我和小叔那场非常重要的对话之后的事情。我似乎说过了，整整一个学期，拜郑东霓所赐，小叔收不上来任何一本作业。我们学校每到学期末，都会在每个班随机抽一部分人，检查他们的各科作业本的批改情况，也就是说这项检查针对的不是学生，是老师的日常工作。所以，没错，随着例行的抽查日益逼近，小叔会有麻烦。

但是小叔一点都不在意。他只不过是再也不提收作业的事情。就好像批改作业这件事，自然而然地不再是他的工作。可是他没有想到，在检查日到来的前一天，他的办公桌上，突然多出来一沓又一沓的本子。习题、周记、作文……仔细数一数，大概占全班人数的一半。我问小叔，他知不知道这一半的人是被谁团结起来的，他说，这不重要。

那天，我彻夜留在小叔那间小屋里，帮他赶工。我来负责看那些有标准答案的习题，打钩或者叉，然后写优良中差，唯一比较头疼的是需要捏造一下日期来掩盖前两个月的空白。小叔负责看周记和作文，我跟他说，差不多就好了，用不着每篇后面都写评语，小叔笑笑，摇头。那是一个充满了希望的通宵达旦，看着曙色一点点染白了肮脏的玻璃窗，我觉得眼前这些堆积的本子代表着一段新生活开始的希望。而小叔，他写的评语未必很长，却字字珠玑。他的脸一点一点地红润了起来，他的字永远都是那么漂亮，看不出来彻夜无眠的零乱潦草。我怕是一辈子也写不了那么好看的字。然后他长长地叹息一声，就像是一个烟瘾犯了的人深深地把一口烟吸进肺里那么心满意足。

其实我一直在盼望着，我希望能在这一堆堆的本子里，找到一本，上面写着郑东霓的名字。我知道，小叔心里其实也在这么盼望着。我们心照不宣地等待着，就像两个在火车站接站的人。一个个无关紧要的名字从我们的手指间掠过去，未批改的那沓本子越变越薄，我们一起期待着那个息息相关的人，希望"郑东霓"这三个字会在越来越渺茫的希望里浮出水面。

但是我们终究没有找到。没有办法，郑东霓她就是这么狠，她一直这样。

一直如此。好比——那一年。

那一年我高中毕业，我说过了，我并没能考上我想去的大学。三叔当时想送我出国去念书，其实他和三婶已经开始在做相关的咨询了。但是我不肯，我说我不想去，我还说我去上这个大学没什么不好，我很喜欢物理这个专业。

然后，郑东霓从新加坡回到龙城来。

她带我去咖啡厅，叫我随便点饮料。那是我第一次去这种地方。若有若无的音乐声中，我们彼此有些不自然地看着对方。"你看上去总是那么小，你什么时候能长大一点呢？"她习惯性地嘲弄我，按灭了烟蒂，过滤嘴上留着淡淡的唇膏印迹。

我十八岁，她二十一岁。她看上去比我大很多。我还是一个穿着运动衫的中学生，她浑身妖娆，举手投足都是属于异乡、属于物质的气息。我知道店里穿梭的服务生们都在暗暗猜测我们的关系，这让我尴尬，几乎不敢抬头看她。

"你为什么不肯去留学？"她问我。

"我不想去。"

"撒谎。"她狠狠地瞪着我，只有在她故作凶悍的时候，她眼神里那一点稚嫩才会出卖她的真实年龄。

"三叔的公司刚刚开张不到三年，现在周转得其实不算好。"我淡然地说。

她沉默了一下，粲然一笑："跟我去新加坡。我来付你的学费。你成绩好，补一补英语，一定能念名校的。"

我被她逗笑了，我说："算了吧，与其欠你的，我宁愿欠三叔的。"

"等你以后发达了，把钱还给我不就行了。"

"钱以外的东西，永远都还不清。"我无意识地摆弄着包过方糖的纸。

"拜托。"她吃惊地挥挥手,"叮咚"一声,把打火机扔在玻璃的台面上,"除了欠债还钱之外,你总得有点自己的理想吧?你只有这一辈子而已,你明白不明白?"

"我的理想就是能快一点自己站稳,能早一点凭自己的力量活下来。就这么简单。"

她侧着脑袋,凝视了我片刻,把一口烟喷到我脸上。"你去死吧。"她清晰地说,"我懒得理你。我怎么会有你这么没出息的弟弟。别人都还没怎么样,你自己就先因为你是孤儿看扁自己。连赌一把都不敢。所以你去死吧,你只配庸庸碌碌地一辈子活在烂泥坑里,死到临头都不知道自己这一生做过什么值得回忆的事情。"

我躲闪着她的眼光,什么都没有说。她永远是这样,她根本不知道自己说的话会深深地刺到别人心里去。

我只能拿起她的烟盒,从里面拿出一支:"能给我一支吗?"

"当然,当然。"她大惊小怪地笑着,"你已经十八岁了,连一支烟都没有抽过,那像什么话。"

窗外一阵闷雷不动声色地压境。那种轰隆隆的、似有若无的声音令人联想起深夜躺在火车里面,耳边充斥着的铁轨和车轮间的对峙。"要下雨了。"郑东霓喃喃地说,"而且是暴雨。"一道闪电就在这个时候迅捷地映亮了她的脸。咖啡馆的那些靡靡之音顿时沾染上了某种诡异的无力。

十八岁那年,我在一场暴雨来临之前,点燃了这辈子第一支烟。

隆冬的时候,郑东霓走了。那是2006年的年初,一个寒冷得非常清爽的星期六。我们都去送行了。三叔借来一辆七座的车,载着我们大家,穿越又漫长又寂寥的高速公路,直奔首都机场。

高速公路是个好去处。因为全世界的高速公路都长得差不多，所以你很容易就忘了自己身在何方。因为一望无际，所以让人安心。我这么想的时候，非常巧，郑东霓突然笑了，她说："有的时候，我觉得我的家乡根本就不是龙城，而是这条高速路。"

"怎么可能呢？"郑南音使劲摇着她的小脑袋，"你可以说，我现在在龙城，在北京，在新加坡，在美国，可是你总不能说，我在高速路吧，那像什么话？你最多只能说，我在高速路上。"然后她又非常大度地说，"好吧，反正你要走了。我不和你争。"

"东霓。"三叔从驾驶座上转过脸，手指着窗外，"你就是在那儿出生的。"顺着他手指的方向看过去，远方什么都没有，除了一排烟囱，以及烟囱上空那片呈现出奇怪的土黄色的天空。

"怎么可能？"她惊讶得杏眼圆睁，"这个地方离龙城有50公里。"

"这儿是清平县。"三叔的表情里掠过一点不自然，"龙城钢铁公司在这里有个很大的分厂，出一些不在龙城做的钢材。你爸爸他，在这儿工作过几年，你出生后不久他才调回到龙城的总厂来。"

"我还以为，我爸爸他，一直都在龙城总厂。"郑东霓微微地笑了一下，"他们从来都没有跟我说起过，我居然不是在龙城出生的。"

说真的，我也觉得意外。

小叔从副驾驶座上转过脸，不紧不慢地说："没错，你爸爸原先是在龙城总厂工作的。那个时候，你爸爸和他们厂里另外一个人都在追你妈妈。然后你爸爸在车间里狠狠地揍那个人，差点一拳头把人家打进一大锅铁水里面。所以喽，头儿们罚你爸爸，把他调到清平县来。然后，你妈妈从龙城追到清平县来和你爸爸结了婚，过了好几年，生下你，才重新回龙城。"

小叔微笑了，心满意足地欣赏着由他制造出来的满车的寂静。

是三婶先说话的，她的脸颊上泛着一丝红润，冲着驾驶座上三叔的后脑勺说："喂，你怎么从来都没跟我说过这个呢？"显然，女人们都会遭遇从灵魂深处爆发八卦的时刻，比如此刻的三婶。

三叔有些尴尬地瞟了小叔一眼，小叔无辜地说："这有什么，孩子们大了，告诉他们也没什么不好。"

我和郑南音愕然地对视了一眼，没错的，我想我们俩实在没办法把我们记忆中那个粉身碎骨的热水瓶，跟我们刚刚听来的故事联系在一起。

"太酷了！"郑南音尖叫着，"好浪漫呀！爸爸，爸爸。"她兴奋地拍拍前边的椅背，"你有没有为了抢我妈妈，跟人家打过架？"

"死丫头！"三叔恶狠狠地说。

"怎么可能呢？"三婶拍了拍郑南音的脑袋，自我解嘲地说，"像我这么一般的女人什么地方找不到？争风吃醋、打架出人命这些事情，只能轮到像你们大妈那样的美人头上呵。说真的，我看现在电视上那些女明星，没有一个赶得上当年的大嫂。"

"无聊。"郑南音沮丧地伸了个懒腰。

东霓默默地托着腮，看着窗外，脸上一点表情都没有，似乎对满车人的兴奋一点都不关心。那个时候，我不敢正视她的脸。我想起她跟我说过的，大伯车间里面的高炉，一锅液体的太阳，一片杀气腾腾、热情四溢的火树银花。一个人若是掉进铁水里面，会化成无，会化成奔放的血液。这样的一个背景，多适合上演狂暴的爱情。性情暴戾的男人，妖娆多情的女人，一个用来衬托他们伟大激情的情敌，钢铁，高温，晚霞一般的火焰，劳动的男人健壮性感的赤膊，全有了。还有什么能比一锅魔法一般熔解一切的铁水更适合做情敌的葬身之地呢？没有了，化为乌有、无影无踪是浪漫的戏码里对反面角色来说最仁慈的墓志铭。他没掉进去是上天可怜他。可是，观众们，你们不会知道，你们也不关心，那种推动着这对男女上演这幕精彩大戏的力量，同样在落幕之后毁灭了这两个人的生活。只因为，他们两个人都固执地不肯卸妆。或者说，他们早已丧失了卸妆的勇气和能力。

然后，他们的女儿把从他们那儿继承来的义无反顾，用在了别的地方。比方说，旁若无人的冷酷，还有，不择手段地活下去。

首都机场里，人多得像是沃尔玛超市的特惠日。

"到了机场，万一看不到他来接你，你就找地方打电话哦。对了，你的英语行吗，要是得找人问路什么的——"三婶不厌其烦地担着心。

"你糊涂了。"三叔打断她，"也不用用脑子，东霓在新加坡待过那么多年，那边也是要说英语的呀，东霓怎么可能连这点事情都办不了。"

"好了，三叔，三婶。我自己会当心的。"郑东霓笑吟吟地说，然后她迟疑了一下，走上去，紧紧地拥抱了三叔一把。她由衷地说："三叔，谢谢。"

三叔脸上多少有点不自然，可能他不大习惯这么百分之百的拥抱，他用力地捏了一下郑东霓的胳膊，准确地说，是捏了一下她的大衣的袖子，他说："只要不习惯，就回家来。别勉强，别硬撑着，不管遇上什么事儿——"

"哎呀你怎么说来说去只会说这两句。"三婶抢白他。

"你会说话，你来讲。"三叔的表情几乎是羞涩的。

"三婶，"郑东霓转过身，紧紧地抱住了三婶，"要是你是我妈妈，那该多好。"她平静地说完这句话，可是催出了三婶的眼泪。三婶说："你看你，乱讲话，你妈妈这些天身体不舒服，不然她怎么可能不来送你呢？"当然了，没有人觉得这句话有什么说服力，包括三婶自己。

"小叔,"她仰起脸,笑靥如花,"我爱你。"

小叔拍拍她的肩膀:"不要委屈自己,东霓,大不了离婚,家里永远支持你的。"

"有你这么说话的嘛——"三婶尖叫。

"还有我还有我!"郑南音跳了起来,冲上去和郑东霓娴熟地和了一会儿面,"姐姐,我好想去美国玩。你到时候一定要给我发邀请信哦,还有顺便帮我把机票也买了——"

她最后站在我的面前。

我笑着说:"你我就免了吧,你知道,我最不会应付的就是这种场面。"

她不由分说地走上来,抱紧我。她在我耳边说:"我最不放心的就是你。"

"这句话应该我说才对。"我轻轻地对她说,"对热带植物好一点,不要总是红杏出墙。"

"不会的。"她笑,"'偶尔'还是有可能的,不会'总是'。"然后她正色,真挚地说,"西决,你要对你自己好一点,知道吗?"

一直到消失在我们视线中的时候,她都是微笑着的。

从机场回龙城的路上,车里一直都很安静。因为郑南音小姐在后座上寂寞地睡着了。五个小时的路程,比来的时候漫长。我接替三叔,坐上了驾驶座,天色已经暗了,高速公路上的车越来越多,所有的车灯都点亮的时候,汽车就在那一刹那间拥有了生命,像是缓缓在黑色幽暗的深水底游动的鱼。

小叔在我身边摇下了车窗,拿出他的烟盒,问我:"要吗?"

我摇头。然后我对小叔说:"我突然想起来,当初是郑东霓教会我抽烟的。"

小叔也笑："她能教人什么好。"

她那时候头发很长，烫成非常大的卷，染成紫色，软软地垂在腰上，看上去就像动画片里的美人鱼。"你好笨啊。"她大声地嘲笑我，"这样吸进去，再吐出来。像呼吸一样，呼吸你懂吗？你连呼吸也不会吗？"

小叔突然叹了口气："不管怎么说，她算是有了个归宿。"

"眼下的去处而已，是不是归宿，难说。"我笑笑。

我的手机开始振动了。屏幕上的蓝色光芒一闪一闪，是短信的标志。小叔俯下身子看了一眼，告诉我："是陈嫣。"

然后他又问我："你和陈嫣，是怎么打算以后的？"

我说："我不知道，走一步看一步吧。"

"真的就是她了？"小叔问我。

"我想是。"

"还年轻，再多看看也没什么不好。"小叔把一口烟长长地喷到窗外的暮色里。

"没什么好看的。"

小叔看了我一眼，说："西决，你一点都不像你爸爸。"然后他又说，"东霓就像她爸爸。他们俩一样，冲动，没脑子，脾气坏，想起一出就是一出。"

"大伯和大妈到今天都不来，也太过分了。"我有些不满。

"你知道他们告诉我和你三叔什么？"小叔苦笑着摇头，"我们俩跟他们说，不管怎么样，东霓这次是远嫁，怎么着也该来送个行。结果你大妈说，谁知道她这辈子要嫁几次。我当时气得都要笑了。"

"知女莫若母。"我也笑。其实我没有和任何人说起过，就在她走之前一个星期，我和陈嫣逛街的时候，无意中看见她和一个陌生的男人坐在咖啡馆里,相谈甚欢。我当时在犹豫到底要不要问她那个男人是谁。可是陈嫣说:"算了吧,你姐姐比你聪明多了。她不想让你知道的事儿,你也打听不出来的。"

不知道过了多久,我发现小叔睡着了。转过脸去,发现坐在后面的三叔和三婶也在闭着眼睛打盹儿。旅途对大多数人来讲都是催眠的。但是我总是很享受那种漫长的、只是为了等待到达什么地方的时光。往往在目的地真正到达的时候,我反而会隐约地有点失望。

这漫长的旅途就像是一个庞大无比的冰箱的冷冻室,散发着恒久的寒气,把我们,这一个又一个的开车人变成井然有序存放其中的食物,在不知不觉间,把表情凝固成淡漠的样子,还有意识的表面也结了薄薄的霜。沿着眼前的路途滑行变成了唯一要做的事情,变成了活着的目的和意义。

有股温热的呼吸吹在了我的脖颈后面,我愣了一下,随即恶狠狠地骂:"死丫头,你想让我酿成交通事故。"然后我听见了郑南音的声音:"我刚刚醒来,看见大家都睡着了,我有话想跟你说,我……这两天,我一直找不着跟你说话的机会。"

我知道有事情发生了,且不管这事情是大是小,总之它已经非常严重地影响了郑南音。

"你说吧。"我正襟危坐。

可是她却在我身后惊呼了一声:"哥哥,你没有看见陈嫣刚才给你发的短信吗?"

我刚想继续恶狠狠地对她说:"跟你说了多少次,不要乱动我手机。"就在我马上就要开口的一瞬间,却听见她在说:"哥,陈嫣说她怀孕了,要你回电话给她。"

我咬紧了牙,努力驱赶走脑海里那片巨大的、令人窒息的空白。

我说:"你是不是真的逼我出了车祸才开心?"

她凑近了我,幽深地看了我一眼。"好奇怪。"她笑笑,"怎么陈嫣也怀孕了?"

"南音,你给我说清楚,什么叫陈嫣'也'怀孕了?"

一秒钟以前我还在想,还会发生更坏的事情吗?可是更坏的事情果然发生了。我们不应该低估上天的想象力。

第六章 谢谢你们曾经看轻我

"你什么时候发现的?"我回到龙城的第二天下午就赶来了陈嫣的住处。

"你的意思是不是说,几个月了?"陈嫣微笑地看着我,她穿着件非常宽大的毛衣,松松垮垮地长及膝盖,她换了个姿势,懒散地蜷缩在沙发里。

"对。"我艰难地吐出这个字。

"没有多久。"她托着腮,"一个多月而已。"

然后她就沉默了。我也没有说话。我不知道这样的安静维持了多久,我反正是没有心思去打破它。烟蒂烫了我的手指,我把它按灭了,换上一支。

"当心。"陈嫣看着我,"你拿倒了,你点着的会是过滤嘴。"

我如梦初醒地把烟掉转过来,用力地按下了打火机。太用力了一点,似乎是为了催促自己下定决心。然后我说:"那我们马上结婚。"

"结婚?"她似乎有点意外,"我们拿什么来结婚啊?"她环顾四周,"你的意思是,我们两个人和孩子一起挤在这个租来的,又小又破的地方？"

"我们马上去租个大房子，搬到新一点的小区。以我们现在的能力，租个好一点的公寓没有问题。等过几年，我们存些钱，再想别的办法。"我耐心地说。

"可是我不要。"她固执地摇头，"我早就想过，如果要结婚的话，我就得住在属于我自己的房子里。我才不要我的孩子从记事的时候起，就看着他爸爸妈妈每天跟房东赔笑脸。"

"陈嫣，你现实一点。"

"我很现实。郑西决，不现实的人是你。"她盯着我，看到了我的灵魂里去，"在现在这种时候，逞英雄有什么意思？结婚不是恋爱，不是只有你情我愿就够了的。我从很小的时候起就决定了，我没有的东西，我一定要我的孩子得到。我得给他好的生活，一个属于我们自己的房子，是最起码的吧？"

"你变了。"我颓然地仰起脸，把脑袋放在沙发的靠背上，眼睛里只剩下灰白色，污浊的天花板，还有那盏说不上来是什么颜色的吊灯，"那个时候，你说你愿意跟着我回龙城来的时候，你没想过会有今天吗？"

"更正一下。"陈嫣笑了，"我当初说我愿意回龙城来，并没有说愿意'跟着你'回来。我回来是因为我妈妈，她只有我一个亲人。所以我想要在我自己结婚安家以后，把她也接来。她不可能在我外公家里住一辈子的。"

"陈嫣，我真的想要这个孩子。我们把他生下来，其他的事情，慢慢商量，行不行？"我暗暗地捏了一下拳头。我总是不习惯直截了当地向别人表达我的愿望，印象中，我从没有说过"我真的很想怎样怎样"的句子。即使是对着陈嫣，也觉得羞涩，或者说，羞耻。

"你是很想要这个孩子,还是,你怕丢面子?你不愿意在我面前直截了当地说你承担不了这个责任。郑西决,我不怕丢脸。这个孩子我不要,除非我们有办法弄到一个房子,弄到一个真正属于我们的家!"

"可是你明明知道,我们现在没有钱买房子。"

"不用装糊涂。"她冷笑,"我想你也知道,我们这个年龄的人,除了极少数,没有几个是真的完全靠着自己的力量安身立命的。"

"你什么意思?"我听见自己的声音在一瞬间结了冰。

"我就是这个意思。"她停顿了一下,那个时候她的眼神里闪过一种微妙的羞怯,恍惚间她又变成了那个第一次跟我出来约会,不知道该找什么话题来聊天的陈嫣,可是现在,她把那种转瞬即逝的动人的尴尬用来跟我讨价还价了,"西决,可不可以去找你三叔——"

"没有可能,你休想。"我打断她。

她静静地看着我,突然间,热泪盈眶:"我就知道会是这样。我就知道。你的脸面,你那点架子,比什么都重要,重要到让你什么都不会为了我做,甚至让你放弃你自己的孩子!"

"要放弃孩子的人是你,不是我,你讲不讲理?"我咬紧了牙,忍受着胸腔里那颗心狂躁不安的声响。

"我一直都在跟你讲理!"她终于爆发,"实话告诉你,我发现自己怀孕以后就去找我们老板谈过了。我们公司4月份就有个项目要开盘,我们老板愿意给我最好的折扣和户型。我在努力,我在为了我们的将来打算,能做的我已经做了。只是一笔首付款而已,对你三叔来说不是大数字。何况这是为了结婚,又不是不合情理的要求。或者算我们借的,将来有钱以后我们就还给他。可是你呢,你口口声声地说我是你最重要的人,现在你却不愿意为了我放下你的面子。你傲气,你有种，你不愿意求人，那是不是我就天生下贱？你说句良心话，我是那种贪财的女人吗？你以为我张嘴跟你提房子的事情我很好受吗？还是你以为我就真的厚颜无耻到了不会觉得不好意思的地步？"

"任何事情我都可以顺着你的意思。"我慢慢地说，"就是这件事，不行。"

"那我也可以告诉你。"她挺直了脊背，从沙发里坐起来，"别的事情都好商量，在这件事儿上，我绝不会让。如果你不去跟你三叔讲，如果我们就是没有房子，我下周就去做手术，把它处理掉。"

"你威胁我，对吧。"我看着她的眼睛。

"就算是吧。"她苦涩地笑笑，"两个人之间真的很奇怪，有了分歧的时候，永远百分之五十对百分之五十，投票是没有任何意义的，那就只能看谁愿意屈服了。"

我的身子往前倾了倾，狠狠地抓住了她的手腕。她眼里闪过一丝惶恐，但是依然骄傲地板着脸，甚至不肯正视我的眼睛，我说："陈嫣，你给我听清楚。我只是希望你能明白，你有多么想要我三叔给我们一个房子，我就有多么想把这个孩子留下来。这是一样的。但是你可以要挟我，我却没有什么东西可以拿来要挟你。你厉害。"我咬了一下嘴唇，为的是抑制那些从我身体深处野蛮地翻涌上来、就像呕吐物一样散发着腥气的伤心，"你可以骂我自私，骂我死要面子活受罪，可是你从来没有想过，我为什么那么想要这个孩子。因为在这个世界上，我不可能心安理得地向任何人提要求，也不可能心安理得地接受任何人给我的东西。以前我以为我找到了你，这个情况可以改变的。但是我发现我错了。所以我想要一个孩子，只有一个孩子才是我真正的、百分之百的亲人。我的孩子可以对我理直气壮地需索无度，我的孩子可以理直气壮地享受所有我对他的好。我要我的孩子像南音一样，因为家里有一个，或者一群他可以完全信任的亲人，所以他就不会像你像我一样，带着那么多的怨气和戒心活着。但是这些，你从来不会为我考虑，你从来都没有想过我究竟需要什么。你不关心、不在乎。你只是把我当成一个用来发泄你对生活不满的垃圾桶。靠着要挟和摆布我，来满足一下你的虚荣。"在一阵热潮终于涌到了眼睛周围的时候我放开了她的手腕，侧过脸，"刚才我真想狠狠地给你一个耳光，可是我想到了你怀着孩子。我道歉，不管怎么说，对孕妇的态度，都不该这么坏。"

然后我站起来，捡起我的外套，离开了。关上门的那一刹那，我听见她在哭。

我像是逃难一样，仓皇地跑到了楼群外面。冬日的下午，天空是暗沉沉的灰紫色。这个冬天为什么那么长？不过话说回来，北方的冬季就是这样的吧，过也过不完，岁月悠长，人总是在冬季里无端苍老了很多岁。

我看见郑南音站在小区门口的小卖部那里，朝里面张望着。"哥哥——"她冲我招手，然后跑过来。她穿着她的粉红色的毛茸茸的大衣，戴着乳白色的手套，还有一顶樱桃色的绒线帽——总之，她像个覆盆子冰激凌。

"你怎么会在这儿？"我突然发现，我精疲力竭。于是我不动声色地在冰冷的台阶上坐下来，看着郑南音在我眼前手舞足蹈。

"我从补习班下课回家，我妈妈说你刚刚出门来陈嫣家，我就跟着来了，我关心你嘛。哥，我现在有两个好消息，真的是两个好消息，你要先听哪一个？"

我似乎没办法集中精力弄懂她在说什么。

"干吗不理我啊——那好吧，第一个好消息是，哥，我没有怀上小朋友。今天,就在今天早上,我的大姨妈来了。吓死我了,晚了整整两周,所以呢,我不用你带着我去药店买试纸了。可是我真的要吓死了啊,你说它怎么能这样呢,这么不准时,也太不负责任了吧,怎么能这样吓唬人呢,还有没有职业道德了——"她眉飞色舞地自说自话,似乎对话的对象不是我,是她的"大姨妈"。

"哥哥。"她像是受了惊吓那样,小心翼翼地在我面前蹲下来,"哥哥你怎么了?出什么事儿了吗?"她脱掉手套,轻轻碰了碰我的手指,惊呼一声,"好冰呀。要不要我去对面麦当劳给你买杯红茶或者热奶昔暖一暖?"她手足无措地推我一把,"哥你别吓我好不好啊,你跟我说句话,你到底怎么了?"

我知道我在发抖。这真让我羞耻,可是我控制不了。我已经捏紧了拳头,用尽了全身的力气,以及意志里面全部的热量了,但是没有用,我的身体里在刮龙卷风。惊涛骇浪,不停地颠簸着我的脑子、我的内脏。有什么东西似乎挣扎着要从我内脏的缝隙间飞溅而出,我得紧紧地闭上眼睛,咬紧牙关,才能遏制它从我的呼吸里跑出来,可能它是一口鲜红滚烫的血吧,谁知道呢。我听见我喉咙深处不由自主地,隐约发出来类似兽类的"咕噜噜"的闷响。我分不清楚那声音究竟是属于我,还是属于居住在我身体里面那个发了癫的灵魂。

南音小心地抓着我的胳膊,像是怕引爆我似的,轻轻地摇晃着,她的语气越来越可怜巴巴的。"你是不是生我的气了?对不起,哥哥,我知道我错了,我答应过你不去和苏远智做那件事情,我,我没有听你的话——哥,你别这样,求求你了,你别生我的气,我保证以后我绝对绝对不会让自己怀孕的——哥哥——"她的小手惊慌失措地抚摸着我的脸,掠过了我忘记刮胡子的下巴,很痒,很暖和,"不会全都是因为我吧?是不是因为陈嫣,哥哥,那个女人怎么你了,你告诉我，我不会告诉别人的，好不好？"

我命令自己深呼吸，再深呼吸，冬日寒冷干燥，并且夹带着无数尘埃的空气长驱直入地灌了进来。呼吸声一开始是发颤的，是带着喉咙里那种沉闷的颠簸的，到后来，逐渐平缓，我看着一团团白霜在我面前笔直地飞翔。然后，我用我冰冷的手，拍了拍南音的面颊。"没事。"我对她笑了笑，抚弄着她帽子上垂下来的鲜艳的绒球，"真的没事，我就是刚才突然有点头晕。可能是屋子里的暖气烧得太好了。"

"真的？"她怀疑。

"不骗你。"我看着她，我想我的眼光非常柔软，我轻轻地对她说，"现在你可以告诉我你的第二个好消息了。"

"就是……"她迟疑了一下，"我，我把陈嫣怀孕的事情告诉我爸爸妈妈了，他们说，要是你们准备结婚的话，他们就把咱们原来住的那个旧房子送给你们俩。妈妈说，等天气暖和一点就去找人把它重新装修一遍，我爸爸还说，要是陈嫣不想住旧房子，想要新的，也可以的——我觉得这是个好事儿，你，你能不能别这么看着我呀。"

"谁让你去说的？你嘴巴怎么那么长？"我在她后颈上狠狠拧了一把。

"你别骂我——"她怯生生地看着我。

"算了。我们不说这个了，行吗？"

"好。"她用力地点点头，"哥哥你真的还好吧，你看上去像是得病了——"

"南音，我现在不想回去，咱们随便去一个地方，好不好？"我拍了拍她的小脑袋。

"赞成，我也不想回去。"

——哥哥，你要出去啊。带上我吧。——我自己都不知道我要去哪儿。——你去哪儿都行,你把我带上吧。——那你说我们去哪儿呢?——我不知道,越远越好。行不行。

这是童年时代,经常出现在我和南音之间的对白。那时候我还是个小孩,南音是个更小的小孩。我骑着一辆我爸爸留下来的巨大的二八车,混迹在人来人往的街道上。我不知道自己会去什么地方,我只是想骑着我的单车变成一个看上去有个去处的行人。我总是带着南音,把她像个小动物那样放在前面的横梁上。她从来不在乎去哪儿,总是很高兴地享受着这种兜风。似乎对她而言,跟着一个比较大的孩子一起去一个什么地方,就可以证明她自己也长大了。

尽管我们其实没有去处。

在这个冬日的星期天的下午,我和南音又一次地,一起出发,去了没有去处的地方。我们随便坐了一辆公车,一开始,没有座位,到后来,座位渐渐空出来,我们并排坐下了。再后来,车上除了我们和司机之外,只剩下一排又一排的座位了。它们静静地和我们和平共处,在这种时候,它们才是活着的,我们是没有生命的东西。

这辆车奔向城外,窗外的景致渐渐荒芜,或者说,只有在这个城市的边缘,还保留着一点我熟悉的、童年时代的气息。天色渐渐暗了,很多的车辆都打开了车灯。我在这些错落的灯火中看见了我爸爸曾经的冶金工程设计院。那是我爸爸魂归的地方。大伯他们车间里那些沸腾着的、火树银花的高炉就是我爸爸坐在这里设计出来的。小时候,我以为这个设计院的大楼就是世界上最神气的建筑物。终日出没着夹着巨大的图纸和绘图器械的成年人,出没着所有我认识的小孩的爸爸。我还以为那就是我长大以后必然的去处。现在我长大了,这栋楼已经这么破旧。

郑南音很安静地抱着我的胳膊,她温热的小脸静静地贴着我的衣袖，一动不动。从很早以前，在她能看出我的心情不好的时候，就会像这样，跑过来，紧紧地贴着我。那一年我十岁，我刚刚搬来三叔三婶家。那时候三叔一家住在那个他们现在想要送给我的房子里。十几年前它是个新房子，整日散发着粉刷过后的气息。我就在这崭新的气息里彻夜无眠，整夜整夜，睁着眼睛到天亮。你见过十岁的重度失眠患者吗，我就是。只是我还不懂那叫失眠，我只是觉得既然大家都睡了，但是我还睡不着，这就是错的。

来三叔家的第一个晚上，我洗好了自己的袜子，把它晾在浴室里。没有任何一个人告诉过我应该这么做，但是我就是无师自通地认为，这是必需的。有水珠滴落下来，一滴一滴，滴在洁白的地砖上。这让我手足无措了，我很慌张地想着我是要找个东西先擦地，还是先把袜子拿下来重新拧一下。那段时间，每天，每天，那些往下滴的水珠都在这样折磨我。之后，我钻进被子里，等待司空见惯的无眠之夜。

后来有一天，深夜里，四周岁的南音悄悄溜到我屋里来，我要她回去，她不肯，非常执着地钻到我的床上。一片彻底的黑暗中，只有她身上那种牛奶和水果的气味真切地提醒我这不是梦。她的小手和小脚像花蕾一样，轻轻地贴着我的身体，她说："哥哥，我要你给我讲故事。"她总是在我东拉西扯、乱七八糟的故事里安然睡去，呼吸的声音像花瓣一样娇嫩，充满了对这个世界的信任。夜晚的南音，完全不是白天里那个骄横、任性、蛮不讲理、动不动就哭的小丫头。黑夜似乎有种神秘的力量，把她变得那么乖巧和懂事——尽管这一切都只是发生在我看不见她的时候。

"哥哥，还没有到站吗？"冬日的黄昏把她樱桃红的帽子变成了绛紫色，她这么问我的时候我心里暖和了一下，就好像我们真的是有目的地一样。

"没有，这车的终点站在江村。"我说。其实我们心照不宣，我们的旅程不过是坐到终点站再坐回来。

"江村，那已经出了龙城了吧。"她的声音懒洋洋的。

"还没，不过快了，江村就在龙城边上。"我耐心地对她说，"你还记得吗？其实我小的时候就住在江村附近，那时候三叔总是带着你来我们家吃饭，我们家在冶金设计院那边。一点印象都没了吗？"

她茫然地摇头："我印象里你根本就是一直和我们一起生活的。我只记得你上初中的时候带着我去打台球。"

我笑了："对，打台球的时候，别人都带着'马子'，只有我，带着一个小孩儿。"

"哈哈。"她笑靥如花，"我这辈子都忘不了，混在人家一堆'马子'里面，可是我还戴着红领巾呢。"

我看着她，深深地叹了一口气，说："真快，一晃，现在你已经是别人的'马子'了。"

"哥哥！"她打了我一下，脸色绯红。

"好意思做事情，还不好意思让别人说？"我微笑地看着她，除了这种半死不活的微笑，我不知道我脸上应该挂上什么样的表情。因为我不能让对面的南音知道，我有多么不愿意眼睁睁地看着她变成一个女人，不是，不是自私，不是嫉妒，不是舍不得，我只是清楚她前面有条什么样的路在静静地延伸着，她想不走都不行。

我清楚，可是我没法告诉她。有些事情不能表达——当然可能是我没有足够的表达能力。"南音，要自己当心一点。女孩子总是比较容易吃亏的。知道不知道？"这是我唯一能说的话。

"哥哥。"她出神地说，"其实我心里很害怕。"

"怕什么？"我笑笑，"怕有朝一日和苏远智分手？拜托，郑南音同学，你是 21 世纪的人，不至于跟谁睡过觉就一定得非君不嫁。"

"哎呀郑西决老师，我在跟你说正经事儿！"她又打了我一下，"哥哥，你说我 —— 我那么做 —— 是不是做错了？"她勇敢地看着我的眼睛，但是却怯生生地瞟了一眼窗外灰黄的天空。

"没错。"我捏了捏她的脸，"任何人都得过这关，我的经验是，在第一次做某件事的时候，人都会觉得自己可能做错了。"

"我不是害怕妈妈知道了以后骂我，我也不害怕怀孕，我也不是害怕苏远智和我以后会分手，那些毕竟都是比较远的事情 ——"南音轻轻地说，像是在自言自语，"但是除了这些，我又想不出来我到底是在害怕什么。"

"你害怕那个和过去完全不一样的自己。"我拍了拍她的脑袋。

"哥，"她非常羞涩地微笑，"你怎么那么聪明呀。"

"是你太蠢。"

我话音还没落，她就尖叫了一声："糟糕了，都六点半了，我还有两份模拟题一个字都没做，明天早上要交的。"

就在这个时候，公车到达了终点站。司机坐在最前面，漠然地催促我们下车。夜晚来临了，看似没有任何意义的旅程，就像是城市郊区的灯火，就像是南音的小手一样，总是能给精疲力竭的我一点力量。

"我们打车回去吧。"我跟南音说，"不然三婶要着急了。"

第二天早上九点钟，我收到了陈嫣的短信，我们的孩子没有了。她说，我把它做掉了。她用的是那个宝盖头的"它"。

我在 2006 年初，失去了我的孩子。没多久以后，春天就来了。

在那个冬天的末尾，陈嫣消瘦了很多。她做完手术的那段时间，我尽我所能地照顾她。帮她请假，帮她做饭，帮她做一切的事情。我一如既往地尽心尽力,她一如既往地温柔。

只是我再也不愿意碰她。

一个阳光普照的中午,饭桌上,她平静地说,我们分手吧。我说,好。

她突然神经质地摔掉筷子大哭了起来,她说:"你爱过我吗?你真的爱过我吗?自私的家伙,没用的家伙!"

我什么也没有说,任由她骂。离开之前没有忘记,帮她洗了最后一次碗。

我也在说服自己,它只不过是一堆细胞。不,不行。每当我刚开始想到这句话的时候,我就想起陈嫣那条短信,我怎么也不能忍受她使用那个宝盖头的"它"来讲我的孩子。那到底是"他",还是"她"呢?然后我就发现,当我不知不觉地,在这个发音都一样的三个人称代词里做选择的时候,煎熬就已经开始了。我会不自觉地想那个孩子,到底是个男孩子,还是个小姑娘。所以,我从来没能成功地说服自己。

郑东霓很少给家里打电话,但是她常常给我写邮件。她的信永远没有主题,逻辑混乱。但是我能看出来,她至少还是满意她的新生活的。只不过,异国小镇里远远没有闹市区的时装店那么热闹。她说,西决,谁说一天有24小时,明明是48小时,否则我怎么会觉得那么难熬。

我很想写封信给她,告诉她所有的来龙去脉。但是最终我不知道该从什么地方说起。所以我短短地写了一句话:我和陈嫣分手了。她回信:非常好。

我的烟越抽越多了,一天两包,比郑东霓还要战绩辉煌。

小叔总是站在我的办公桌前面说:"你好像瘦了。"然后他皱着眉头看我满满的烟灰缸,"你到底还要不要你的肺了?"他这么说。

小叔最近看上去心情很好，尽管他又胖了。过年的时候三婶给他新买的毛衣看上去已经有点紧，我是说，肚子那部分。有一次我路过他们班，透过窗子看到他眉飞色舞地给学生们讲解苏东坡。黑板上，是他龙飞凤舞的字迹，《水调歌头·明月几时有》的全文。一定是他一时兴起，想要炫耀一下他的书法。他神色悠闲，声音洪亮地说："你们知道吗？其实在这阕词里，我最喜欢的是它的序言：'丙辰中秋，欢饮达旦，大醉，作此篇，兼怀子由。'看到了吗，好啊，好一个'大醉，作此篇'，这才是真正的大家气魄。多潇洒，多风流。五个字而已，什么都说了……"兴之所至，他自己像是微醉了一样摇头晃脑，手里的粉笔非常及时地，"咔嚓"一声折断了。底下的学生们"轰"地笑了，是为了他的忘情，不是嘲笑。

我看到郑南音前仰后合地最夸张。

那天中午，郑南音风风火火地闯到我办公室来："哥哥，今天我们晚自习，你一定要来。"

"干吗？""总之有好节目。你来就对了。到时候你就从我们教室后门进来。"说完她就风风火火地转身。"喂，你跟不跟我一起吃饭？"我冲着她的背影问。"我才不要。"当她人已经消失在门外的时候，我听见她的声音从走廊上传过来。然后又听见了她的班主任的声音："郑南音，不知道走廊里不准大声喧哗吗？"

这个时候几个我班上的女孩子出现在了办公室的门口："郑老师，我们有问题想问。"

醉翁之意不在酒的小女孩，每年总是能遇到几个的。在我低下头去在面前的草稿纸上画图的时候，总是能感觉到她们或者非常羞涩，或者不那么羞涩的注视。

"郑老师，你知道吗？"其中一个女孩子仰起脸，大胆地看着我，

"陈锦菲暗恋你。"话音未落,几个女孩子一起小声地窃笑了,其中一个推了一下爆料人的肩膀:"你要死啊。陈锦菲知道了,非杀了你不可。"

"是我的荣幸。"我皮笑肉不笑,"不过我不喜欢未成年人。"

"郑老师好酷啊!"这下她们一起欢呼了起来。有的时候,逗她们笑一笑,的确是我的乐趣。

"郑老师,我不骗你。"她们个个看上去都比上课的时候精神抖擞,"陈锦菲说她将来就要找长得像你的老公。每一次,做完物理题的草稿纸,她都会留在一个夹子里面,整整齐齐的根本就不像是草稿。问她为什么,她就说,因为郑老师留的作业是神圣的,就连草稿纸,也不能怠慢。"

"不要脸——"她们欢天喜地地大笑。

"你们还有问题吗?"我不得不说,"我很饿。"

"有件事,"一个刚才在众人喧哗的时候一言不发的女生非常羞涩地说,"郑老师,我,我有事情想找郑鸿老师帮忙,可是郑鸿老师又不教我们,我不好意思直接去找他,所以想问问,郑老师你可不可以——"

"哎呀,听你说话慢吞吞的急死人了。"刚才那个勇于爆料的女孩子插嘴道,"郑老师,是这样的。她一直都很想去参加'新概念'作文大赛。可是她又不知道自己写得到底好不好。所以她想让郑鸿老师看看她写的东西。但是她不好意思直接去找郑鸿老师,所以啦,郑老师,帮个忙吧。我们算是来走你的后门了。拜托拜托。"

"干吗不找你们自己的语文老师呢,偏要郑鸿老师?"

"哎呀郑老师,"她们又开始嘈杂地七嘴八舌了,"别的老师能指点的都是高考作文,谁不知道郑鸿老师才是真正懂文学的呀!"

"我就不知道。"我彻底地错愕了。

"郑老师你别骗我们。"这个年纪的女孩子们的眼睛都是明亮得逼人,"我们大家都知道的,郑鸿老师的文章写得可好啦。他也对真正有才华的学生特别好。"

"就是的。我们在论坛上都已经看过郑鸿老师十年前发表在《龙城晚报》上的散文啦,照我说,不比周国平差。"

"还有还有,和自己最有才华的女学生谈恋爱,明摆着的,郑鸿老师年轻的时候也是文艺青年嘛!既然大家都是文艺青年,郑鸿老师才会真正懂得我们在写什么的!"

我彻底地被她们打败了,我说:"好,你把你的作文留下,回头我一定帮你转交给郑鸿老师。"

"谢谢,谢谢郑老师!"那个渴望着参加比赛的小姑娘兴奋得鼻尖都红了。

"我就说嘛!"她的同伴之一得意地笑了,"郑老师一定会帮忙的,郑老师最好了,人长得帅,会讲课,别看总是不苟言笑的,可是心肠其实特别好。"

"我心肠一点都不好。"我故意说,"尤其是在我快要饿死了的时候。"

"我们也要走了。"爆料女生又大胆地看了我一眼,"郑老师,不然我们一起去吃午饭?你买单。"

然后,没等我说话,她们就一起嘻嘻哈哈地跑了出去。

当我和她们一样大的时候,我也像她们一样,并不知道自己手里握着的,是最好、最放肆的时光。看着她们离开的样子,我突然间有了某种预感。或者说,隐约感觉到了有什么重要的事情即将发生。但是在当时,我还没想清楚那到底是什么。

答案很快便来了。我想有很多人都不会忘记那天晚上,南音班上的晚自习。当然了,并没有发生任何惊心动魄的事情。若是用最平淡的一句话来概括,那只不过是一群调皮的学生祝贺了一个老师的三十九岁生日。这么一想的话,整件事情都变得无趣起来。可是我的小叔每次说起那个晚自习的时候,就会微笑地抚摸着自己的胸口跟我说:"西决,我这一辈子,没有任何遗憾了。"我在旁边看着死而无憾的他,暗暗告诫自己,等我过了三十岁,我绝对不允许自己有这样的一个肚子。

夜晚时候,所有建筑物都比日光下表情丰富。因为没有那么多人进进出出,它们终究可以卸下一些伪装,然后暴露出自己蕴含于身体最深处的庄严。总之,学校里那条通往各个教室的、蓝紫色大理石的走廊总是给我这样的感觉。南音她们班暗沉沉的嘈杂声就这样隐秘地传了出来。按捺不住的某种兴奋和骚动。然后我就看见,居然有别的班的学生,也往南音她们的教室里跑。教室的后门大敞着,进进出出但是默契地压低说话音量的孩子们,预示着有什么东西正在酝酿。我用鼻子闻得出来,那种令人心跳的、筹谋什么的气味。

"郑老师,来,进来。"南音班上的一个女生招呼我。

他们把教室变成了一个展览厅。恐怕这一切的布置都是在晚餐的时候进行的。墙壁被他们弄成了一种泛着紫红的咖啡色。上面贴了很多的照片,好像还有被放大了的剪报的扫描,以及看上去年代久远的品质粗糙的作文纸。这个时候郑南音看见了我,笑嘻嘻地给我拿来了一张椅子:"坐吧,你坐到教室最后面去。今天你也是观众,连嘉宾都不算。"

"还有嘉宾?"我惊讶。

"当然了。"南音得意地笑了,"嘉宾,兼任摄影师。"

人群里果然有个挂着很专业的相机的年轻女人。这个时候教室的前端传来一阵喧嚣:"来了,来了。"怀抱着一沓试卷的小叔刚刚出现在讲台旁边时,室内的六盏日光灯不约而同地灭了。非常简单的灯光设计,难就难在整个世界漆黑一团时,所有这些孩子默契地保持了安静。

接下来发生的事情自然是不出我所料的。有蜡烛被点燃了,一小团一小团的火光,零星而不规则地在课桌上开放,然后音乐响起来了,我这时候才注意到他们把简陋的音响设备放在了我的椅子旁边——一个插着音箱的MD,于是我不得不保持肃静,忍受着超重低音像一颗律动失常但是无比强劲的心脏那样,神经质地攻击我的耳膜。

"我曾怀疑我走在沙漠中,从不结果无论种什么梦。才张开翅膀风却变沉默,习惯伤痛能不能算收获。庆幸的是我一直没回头,终于发现真的是有绿洲。每把汗流了生命变得厚重,走出沮丧才看见新宇宙。海阔天空,在勇敢以后;要拿执着,将命运的锁打破。冷漠的人,谢谢你们曾经看轻我——"[1]

我情不自禁地微笑。人在他们那样的年龄,总是喜欢用歌词来把握世界万象的。虽说简单,也动人。尤其是当歌曲唱到淋漓尽致的时候。然后,灯亮了。小叔错愕地站在讲台上,已经有很多年,我没见过他这种毫无防备的表情。

"郑老师,"他们班的班长笑吟吟地站起来,"生日快乐。"

"生日快乐,郑老师。"这句话此起彼伏地响了起来。小叔环顾着四周,脸色微红,把怀里那沓试卷抱得更紧了。似乎在这满室的烛光和照片里,他已经找不到地方把那些试卷放下来。然后他的目光移到

---

[1] 《海阔天空》:姚若龙作词,Hun Lim、Jun Yong Choi 作曲,信乐团演唱。

了黑板上，黑板上画了很多花边，花团锦簇的中央，是一句话：

"他们扔给隐士的是不义和秽物。但是，我的兄弟，如果你想做一颗星星，你还得不念旧恶地照耀他们。"

出自那个名叫尼采的疯子——《创造者的路》。

"这个，这个是——"小叔的声音几乎是怯生生的，"你们从什么地方——"

"郑老师，"挂着相机的特邀嘉宾笑了，"这是十年前，1996年，我们高中毕业的时候，您写在我的毕业留言册上的，您说这就是您对我们大家做人的期望。您忘记了吗？"她很挺拔地站在一群蓝白色相间的校服里，明眸皓齿，浅笑盈盈。

"江薏。"小叔难以置信地看着她。

"郑老师。"郑南音同学骄傲地站起来发言，"我们在搜狐，网易，所有的网上校友录里面，找到了您原来教过的学生。"她伸长手臂一挥，"这些墙上的照片、作文，都是他们寄来的。"

"郑老师，江薏姐姐知道了以后，就自愿来帮我们拍照。"某个角落里，一个没有起立的女生的声音说，"江薏姐姐是《龙城晚报》的首席记者，拍的相片一定很好看的。"

"郑老师，"班长说，"等放学以后，我们会把墙上这些照片什么的都拿下来，一起贴在一个照相本子里送给您。这是我们高三（六）班在毕业前，送给您的礼物。"

小叔什么都没有说，我从来没有在他脸上看见过类似的表情。好像是碰到了一件让他为难的事情。教室里寂静着，蓄势待发的那种寂静。这些孩子都在不约而同地等待着郑鸿老师配合着眼下的氛围，说点什么，然后他们就可以报以顺理成章的掌声和欢呼。三秒，五秒，十秒了，他们的神情有些冷却。这个时候，小叔嗫嚅着说："谢谢，我谢谢大家。现在,"他终于慌乱地把那沓试卷放在了讲桌上,"现在我们开始上课了。今天的晚自习,主要是,主要是讲评一下前天测验的卷子。"

所有的人面面相觑,都不相信就这样结束了。"意兴阑珊"这个词很明显地挂在脸上。只有那个江薏平静如旧,微笑了一下,把相机从脖子上摘下来,准备退场。

"课代表,过来发卷子。"只有小叔一个人进入了上课的角色,没有表情地环顾四周。黑压压的人群里终于有一个人破土而出。然后前排几个同学也不情愿地站出来,把那沓试卷分成了三四份。哗啦啦的纸张的声响响彻了室内,我想我也是时候离开了。

小叔转过身,拿起黑板擦。他迟疑了一下,黑板擦一直停顿在那个"尼采"的"尼"字上,然后他略微抬了一下胳膊,让黑板擦停留在那个"秽物"的"秽"字上。终于他重新转了过来,面向着大家,他笑了。他笑得开怀的时候眼睛里总是有种腼腆的神情。"不行。"他一边笑,一边摇头,"不行。我舍不得擦。"

一阵笑声轻轻地在起伏的人群里荡漾开。然后释然的气氛也跟着弥漫了。没有想象中激动人心的煽情场面,不过他们达成了自己的默契。

我该走了。悠长的走廊依然悠长。走廊背后却换了人间。毕竟和十年前不同了。同样的一件事情,十年前是羞耻,但是十年后,却可能因为某些说不清的缘由变成荣光,至少变成一样令人好奇的东西。这中间到底付出过何种代价,就是另外一个问题了。人好像总是在完全不需要一样东西的时候,才能得到它。小叔他最先失去了尊严,然后因此失去了一切,再然后他就脱胎换骨了,现在当初的尊严回来了,莫名其妙地,至少有了回来的迹象。

问题是,没人知道他到底还想不想要。或者说,他是否还像当初那样把它视为尊严。

江薏站在夜风中的校园里,对我微微一笑,她说:"你该不会、该不会是东霓的那个小弟弟吧?"她夸张地惊呼一声,"老天爷呀,你怎么长这么大了?"

教学楼的顶端几个属于高三的窗口,错落地璀璨着。就像是俯视着我们,俯视着所有疾驰而去的时光。

第七章 我们的秘密

有一天我问郑南音,那个时候,她为什么要策划一场给小叔的生日晚会。她冲我淡然地一笑,她说:"我什么都没有策划。"我说,那怎么可能不是你的主意呢?她说:"我只是给每个人讲了你给我讲的故事。尤其是小叔说的那句,'她吃过的苦要比我多太多'。"然后她伸了个懒腰,注视着窗外的天空,"我的同学们,比你们那个时候的人有同情心,仅此而已。"

她现在说话的腔调,还有她的很多表情都让我觉得陌生。在2006年,她高中毕业的那个夏天里,她几乎是一夜之间蜕变成了如今的模样。或者在某些人眼中,她变得比以前讨人喜欢,因为她不再像个二百五一样地大呼小叫,她也收敛了不少颐指气使的小姐脾气。就连三叔都说,南音如今说话的声音都和以前不同,有分寸了很多,比如她接电话的时候,非常得体,太像个大人了。然后三叔、三婶,以及小叔这群"大人"一起面露欣喜之色:"好不容易呵,最小最浑的南音也有今天。"

可是我只想让曾经的南音回来。

小叔还是那么不紧不慢的,他说:"人总是得长大的西决,南音也不可能永远是那副小姑娘的样子。你得接受。"

小叔现在更是什么都能接受了。尤其是在那次生日晚会之后。

2006年的春天,越来越多的学生通过我把自己的作文交到郑鸿老师手上。准确地说,不是作文,是跟考试要求无关的涂鸦。因为一场断送前程的恋情,郑鸿老师的才华横溢变成了具体的、活生生的、表情丰富的。这尽管是个很荒谬的逻辑,但是它就是在现实中发生了。郑鸿老师给每篇送来的习作都附上500字以上的评语——那已经不能算是评语了,有时候天马行空地想到什么说什么,有时候掏心掏肺地恨不能给人家学生讲我们家祖宗八代。于是我总是嘲笑他像个大妈级的电台情感节目主持。作为高三的老师本来是辛苦的,所以他经常一天只能睡三四个小时。他说:不累。

然后有一天,校刊主编,一个高二的小帅哥也找上门来了,诚恳地邀请郑鸿老师出任校刊的"文学顾问"。郑鸿老师的大名重新端端正正地出现在校刊扉页上,出现在校广播站的美女主播嘴里,出现在校园的宣传栏里。郑鸿老师走在从食堂到教学楼的林荫路上的时候,突然间多了很多各个年级的学生热情地跟他打招呼。这些突然之间开始亲近郑鸿老师的学生里,自然是什么样的都有:有在学校里受惯了冷落又自命不凡的文艺小青年,有自认为成熟另类、视好成绩如粪土的小孩,当然也有没有勇气放弃自己十几年的乖孩子身份的学生,借着对郑鸿老师的热情,偷偷地浮出"乖孩子"那令人压抑的水面,透一口气。总而言之一句话,是那些暂时还没有变得太现实、对生活还心存一点点浪漫的孩子。他们一直孤独,然后他们觉得,善待一个曾经因为浪漫天真而备受冷落的老师,就是善待他们自己。恐怕他们谁也没有料到吧，原来在这个看似麻木的校园中，隐藏了那么多自认为孤独的人。于是郑鸿老师又一次莫名其妙地成了角儿。殊不知在他们齐心合力、心照不宣的孤独者同盟结成的时候，被现实生活的规则狠狠惩罚的那个郑鸿老师，就已经成了历史。因为他们的浪漫，也是现实生活坚固的一部分。

新的争斗围绕着郑鸿老师展开了。同是一群十几岁的少年人，有人要攻击他，有人自然要维护他。很多的错觉就是在这种似曾相识中产生。好像中间那十年，从来都没有存在过。很多年长的老师面对郑鸿老师受到的突如其来的礼遇，有些诧异，然后是轻蔑地感叹世风日下。我跟小叔说："不是你自己班上的学生，就不要答应帮他们改作文，这样会得罪人的。"小叔淡淡地说："我不怕。"

说得也是，想想看，我心里也是一阵恻然。他没什么可失去的了，自然不怕。

他依然住在那个当初我们俩一手布置出来的单间。曾经，他的邻居是刚刚来工作的、单身的年轻老师。现在，曾经的年轻老师都结婚生子，搬进了学校建的漂亮的新公寓，新来的年轻老师嫌这个楼太破，也不方便，宁愿自己在外面租房子。于是他的邻居变成了学校小卖部的老板娘、大门口的保安，以及收发室的大爷。他说，其实这些邻居们比以往的那些老师更让他舒服。我知道为什么。因为这些邻居，进进出出，总是发自内心地、真诚地叫他一声"郑老师"。

他非常热心地把他收藏的那些书借给几个保安小伙子，他还耐心地对他们说："不是说金庸不好，但是看看老舍也是蛮不错的。"他帮小卖部老板娘的孩子起名字，帮收发室的大爷教育乡下赌博成性的女婿。他本来可以与世无争，在这个日益昏暗的旧楼里自得其乐地做他的郑老师。可是现在事情有了变化。我不知道在公元2006年，到底还有多少个人过着他这般的生活：没有自己的厨房，没有自己的卫生间，没有座机——他原先都是打楼下小卖部一块钱一次的公用电话，可是自从老板娘怎么也不肯收他的钱之后，他反倒不好意思打了，没有电脑，但是拥有很多的粉丝。

2006年的5月，龙城一中要选拔一个语文老师参加全国百所重点中学论坛的观摩教学。简单点说，我们学校被省里选中，要我们出一个语文老师去参加这个很重要的会议的观摩教学单元——就是会有一群来自全国各地的名校老师听他上课。但是这个语文老师会是谁，由我们学校自己决定。当然，这是个可以让人再一次目睹人和人之间尔虞我诈、明争暗斗的绝好机会。因为学校决定这次的选拔要透明一点，每一个语文老师都有资格报名参加，参选的老师要在学校顶楼的阶梯教室上公开课，由学校的领导，以及学校请来的外校的名教师打分决定这个唯一的人选。

小叔跟我说："西决，我决定参加。"多年以来，他总是对类似的选拔，或者竞争避之不及，大家也乐得遗忘他。但是这一次，他赤膊上阵了。他的对手们几乎个个都懂得使用明枪暗箭，他说，我什么都不会，我只会讲课。

那一天，我也到阶梯教室去了。在别的老师上课的时候，他一个人站在阳台上抽烟。5月的阳光宁静地铺满空荡荡的阳台，我看见了他，可是他没有看见我，他出神地看着那些校园里的梧桐树，以及在树冠上方、一点都不装腔作势的天空。所以我没有打扰他。

属于他的时间终于到了。这个时候，阶梯教室外面的走廊里突然响起一阵骚动。然后大门敞开了，涌进来一群又一群的学生。他们一排又一排地，填满了阶梯教室的400个座位。还有人陆续地进来，站在最高处的空地上。郑南音和她的苏远智远远地冲我挥了挥手。这个时候我看到了坐在第一排的校长和评委们惊讶的表情。

"小郑老师。"有一个我班上的学生坐到了我旁边。

"你们来干什么？"我问。

"捧个场呗。"那个男孩子笑笑，"郑老师帮我的一个哥们儿改过作文，写了2000字的评语。那小子感动死了，说我们今天谁不来捧郑老师的场，谁就是孙子。"

"郑老师你知道吗？"另一个女孩子开心地笑着，"我们班那几个混世魔王今天为了来听郑老师的课都不去打群架了。"

"我，"她身边一个戴着眼镜的男生指着她说，"我是被她硬绑架来的。"

我笑了，我问那个女孩子："这是你的男朋友吧。"

"哎呀郑老师你乱讲，没有的事。"她脸颊泛红，笑得满足开心，根本不愿意掩饰她的幸福。

教导主任不得不从前排站起来维持秩序，要大家肃静。

讲台上的灯光点亮了，我的小叔慢慢地走了上去。他有点生硬，有点拘谨地拿着麦克风，他说："我们现在开始上课。"

有个男孩子声音非常洪亮地喊了一声："起立。"

阶梯教室里响过一阵隐约的笑声，然后所有的孩子齐刷刷地站了起来。

我想我用不着再描述那节公开课的精彩了。小叔的脸上从拘谨、到郑重、到神采飞扬、到得意忘形的神情可以说明一切。我只记得那天晚上，我给郑东霓写了一封邮件，我告诉她，你知道吗，你说的那个站在讲台上会发光的小叔回来了。他除了肚子明显了点儿，丝毫没有变老。

45分钟以后，掌声如潮。最开始，第一排的评委们礼节性地跟着鼓了一下掌。但是后来,他们觉得这礼节性的掌声未免太久了,久得不合情理。于是他们把手放了下来,疑惑地转过脸,看着身后热情过度的观众们。

就在这个时候,掌声变成了有节奏的,他们跟着这个节拍一齐喊:"郑,老,师——郑,老,师——郑,老,师——"小叔在那里发了一会儿呆,然后,对着台下,深深地鞠了一躬。

他在谢幕了。

我从阶梯教室的后门离开的时候,听见一个来看热闹的、三十多岁的数学老师不屑一顾地自言自语:"这像什么话,这是公开课,不是选拔超男。"

我转过身,对他说:"这是郑鸿老师应得的。"

虽然最终,那个参加全国观摩的老师,不是小叔,但是这不重要了。

那天凌晨,在我给郑东霓发出去那封邮件半个小时之后,她的电话跟着来了。

她说她看了我的信,接着她就开始哭。

我说你怎么了,你是不是和你老公吵架了。

她说没有。她还说,我只不过是看着你的信,想起来高中时候的一些事情,然后,我就开始想念你们大家了。我真想你们呀。

2006年的夏天,郑南音考上了大学。龙城理工大学,不算什么一流的名校,但也不算难看。尤其是,录取她的专业,是龙城理工多年来的王牌科系:土木工程。以她一贯的成绩来说,算是意外之喜了。看来,傻人有傻福这句话是非常有道理的。

郑南音眨着眼睛,困惑地说:"土木工程,那到底是干什么的?"收到通知书的那天我们全家人去龙城最好的酒楼里吃家宴,三婶一边笑吟吟地往大家的杯子里斟铁观音,一边说:"专业介绍上不是写得很清楚嘛,是你不好好看。"

"我看了。"南音不满地说,"可是我还是看不懂。"

"完了。"我笑,"我真担心你以后手底下工程的质量。"然后大家都笑了。总之,在这种时候,南音的任何话、任何行为都是有趣的,都是可爱的。

在等待成绩的时候,三叔三婶自然像所有的父母那样,担心南音万一考得不好怎么办。于是,在某天的晚餐桌上,"出国"这个话题又一次被提起来。那个时候三婶看似不经意地瞟了我一眼,脸上有点不易察觉的尴尬。她的善良总是在困扰她自己的同时也困扰别人,弄得本来不可能多想什么的我也在命令自己一定要看上去若无其事了——结果是,我相信我的表情也有点不自然。

但是我没有想到,南音非常干脆地抿了一下嘴:"我不去。哥哥没有去,我也不想去。"

片刻的寂静,我承认,我那时候,有点百感交集。

小叔不失时机地插科打诨:"我看你是舍不得其他人吧。"

"也好。"三婶如释重负地笑着说,"这样,出国上学这一大笔钱省下来,我们到时候给南音风风光光地办嫁妆。"

几天以后成绩就公布了,郑南音小姐顺利地省出了自己的嫁妆。

三叔三婶度过了一个快乐的夏天。三叔总是说老天爷有眼,南音读了这个专业,日后正好可以在他的公司里帮忙;三婶则是非常庆幸自己不用像别的母亲那样,终日为在外地读大学的孩子牵肠挂肚——南音依然每个周末都会回家,这个家的生活不会被改变。于是对于他们来说,那个夏天就在请客吃饭、热闹得意中度过了,最喜欢聊的话题都跟别人家参加高考的孩子有关,真心实意地祝贺所有如愿以偿的孩子,因为反正他们不会嫉妒任何人;也真心实意地为所有没有考上的孩子惋惜,因为反正他们不是那个倒霉孩子的父母。

所以他们都不知道,他们甚至没有察觉到,郑南音活在一场灾难里。

很多人都会说,失恋而已,谁都经历过,并不是什么大事。道理上讲是没有错的,可是只不过是道理而已。

那个8月的夜晚,我急匆匆地跑到楼下的便利店去买电话卡。然后给郑东霓挂了长途。我不管她那里现在几点,总之我需要她和南音说几句话。

果然,她非常不满地说:"你知道我这里几点?我好不容易想睡个懒觉。"

我说反正你整天在家,什么时候不能睡。

她冷笑:"郑西决,你在蔑视家庭主妇。"

"我只是想让你和南音说几句话,她已经两个星期没有张嘴说话了你信不信?"

"你太夸张了吧。"她的笑声总是非常准确地传达出花枝乱颤的感觉。

"真的。除了叫叫爸爸妈妈之外,什么话都没怎么说过。每天就是待在房间里玩游戏,我想陪她聊聊天,她都不理我,完全当我不存在。你这几天多给家里打打电话行吗?我想她可能更愿意跟你说话。"

"这有什么大不了的。"她语气嘲讽,"你邮件里不都说了吗,不过是那个小男朋友劈腿了,找了另一个小女孩。小孩子之间这种事情不用太认真。隔一阵子,她进了大学认识了别人,自然就好了。"

"算了,不跟你说了。"我意兴阑珊,"你我当然明白这其实没什么大不了,但问题是南音不明白。"

"我要挂了西决。"她急匆匆地说,"反正我记得这件事,多找机会陪她说话,你就放心好了。"然后她笑着叹气,"真的没想到你居然这么婆婆妈妈的。"

我没好气地说:"挂吧挂吧,谁知道什么人在床上等你。"

"你说对了。"她欢天喜地地坏笑。

放下电话我就到南音的房间去,一如既往地,她当我是空气。整个房间响彻了她的游戏的音乐声,她苍白的脸色被电脑屏幕的光映成了一种奇妙的玫瑰紫色,像是污染严重的天空上面的晚霞。

"南音。"我叫她。

她自然是不理我。

"南音,你快过十九岁生日了,明天哥哥带你去挑新手机,好不好?你不是早就想换手机了吗?咱们去买诺基亚今年的最新款,算是我送你的,考上大学的礼物。"

她眼皮都不抬一下。我突然觉得我从来都没有如此笨拙过。

"不然,咱们出去玩?"我伸出手,想像平常那样拍拍她的脑袋,她断然一闪,就躲开了,我还是不屈不挠,"你以前不是说想去丽江或者阳朔吗?三叔和三婶没有时间,我有。我们俩一起去报个团,去玩一周,好吗?去过的人都说——"

她纹丝不动。已经两周了,她就是这样,整日坐在电脑前面,维持着这个姿势。唯一移动个不停的就是她的右手,因为她需要操纵鼠标。我耳朵里全是她的鼠标和鼠标垫摩擦的那种凌厉的声音。好像她也变成了一个游戏里面的人物。

"南音。"我忍无可忍,"我知道你心里难过。可是你这样冲着我耍脾气,有用吗?"

她终于抬起头,盯了我一眼,然后继续去玩她的游戏。所有的恨意都集中在了鼠标上，噌，噌，噌，噌——像是舞剑。那一眼，我不会忘的。因为那是我第一次在南音的眼睛里，看见怨气，而且是非常深的怨气。

三婶就在这个时候走了进来："南音，出来吃水果了。"

"我待会儿再吃。"她淡淡地说。她还是跟三叔三婶讲话的，只不过语言异常简约。她的声音现在总是没有什么起伏，似乎要她往语气里带上一点感情，就会伤她的元气。

"我放在桌上了，你要吃的时候就自己出来拿。"

然后三婶就出去了。我听见她在客厅里跟三叔说："整天就是对着那个游戏。"

三叔还笑："就让她好好玩几天吧，这一年够辛苦，现在考上了，该玩。"

"那和同学出去玩不好吗？"三婶说，"我都给了她钱，让她请同学吃饭，这么多天了，那些钱一点都没少。就知道对着电脑，我是担心她的眼睛。"

"没事儿。"三叔拿起遥控器，换了个频道，"她要是真的成天出去玩，你还不是一样得担心她去不该去的地方碰上坏人。"

我哑然失笑，是不是人做了父母以后，都会蜕变成如此迟钝的生物。

那天夜里，我是被人推醒的。恍惚间我感觉到了轻轻的摇撼，然后睁开眼睛的时候听见耳朵旁边细弱游丝的呼吸声。我很迅速地坐起来，以为遇上了贼或者是女鬼，但是当我真的清醒的时候我就知道了，是南音。

"别，你别开灯。"黑暗中她的声音特别清澈。然后她轻轻地从后面抱住我的后背，再然后，她就哭了。

我一言不发地听她哭。她呜咽的声音给我一个错觉,好像有什么用来打井的工具,不动声色,无所顾忌,一点一点地凿进她的血肉之躯的最深处,然后,抽出来那些源源不断的、滚烫的眼泪。慢慢地,那把凿子开始来凿我的胸口了。于是我转过身去,紧紧地把她抱在怀里。除了使劲揉她的头发和脖颈,一句话也说不出。

"哥,你为什么要骗我呀?"她说话的声音断断续续的。但是我还是听清楚了。

"我骗你什么了南音?"我诧异。

"你早就知道他不想和我好了,可是你不告诉我。你也帮着他瞒我,你为什么不告诉我呀哥哥,你看着我丢人出丑,看着我被人劈腿,你都不说一句话,你们男生都是帮着男生的——"她抽搐着缩成了一团,指甲深深地嵌在我的胳膊里面。

"我不知道你在说什么南音。"

黑暗中,我感觉到了她猛地抬起头的动作,脸庞划着空气。"高考考完了以后,是你和教务处的几个老师负责检查志愿表的,那个时候你应该能看到,他报的是广州的学校;可是我明明告诉过你,我们俩要一起去龙城理工的 —— 我是为了他才填龙城理工的,可是他骗我。你既然都能看到志愿表,为什么你不早一点告诉我他在骗我呢? 我只不过是想从你嘴里听到坏消息而已,那也比从别人嘴里听到好。你不告诉我,我像个白痴那样给所有我认识的人打了一圈电话,告诉他们我们俩要一起去龙城理工。"她喘气的声音像个婴儿在打嗝,"我都不敢想,有多少人接我的电话的时候是在心里偷笑的,他们一定都笑我,笑我那么蠢,所有的人都知道了他和别人在一起,他要和别人一起去广州 —— 哥哥 ——"

我恍然大悟,原来这才是她不肯跟我讲话的原因,我简直都要被她荒谬的逻辑逗笑了,我用力按着她的肩膀:"南音,你用大脑想想。我们学校今年有 682 个人参加高考,知道吗,也就是说,有 682 份志愿表要检查。我不可能一个人对付这么多的,我们当时一共有六个老师带着几个学生把这些志愿表分了好几份,分工检查,我又怎么知道苏远智的表格和档案落在谁手里?"

"你稍微留意一下还是找得出来的!"

"可是我为什么要留意他然后找出来? 就为了核实他有没有和你报同一个学校? 我吃饱了撑的? 当时经过我手的表格就有将近 300 份,我怎么可能都记得? 要不是你刚才说了,我根本就不知道苏远智报的是广州。"

"那你为什么就不能用心找一找呢,他又不是别人,他是苏远智,你要是真的拿我的事情当回事,你不会不知道他到底填了什么学校的!"

"南音,"我无奈地叹气,"你会不会太不讲理了。"

"我就是不讲理我才不要讲理!"她突如其来地低下头,冲着我的胸口狠狠地一撞,"谁和我讲过理呢? 苏远智背叛我的时候他和我讲过理吗?"

"好好好,不讲理不讲理。"我轻轻拍着她单薄的脊背,心里想在刚刚结束的世界杯里,齐达内实在是给小孩子们做了个坏榜样。

她哭出来了一身的汗,头发都有一点潮湿:"哥,我是真的很喜欢他。"

我说:"我知道。"我其实想说"但是这不关他的事",可是我终究不忍心说出口。在彻底的、无边无际的黑夜的荒漠里,我就是她用坏了的手电筒。虽然已经派不上任何用场,可是毕竟是个能握在手里的依傍。要是连这个派不上用场的希望都没了,才真的可怕。我懂得,这也是她为什么要执着地埋怨我的原因。她需要抓住一点和主题关系不大的事情来恨一恨。全神贯注地迎接劈头盖脸的悲伤,是需要勇气的,不是人人都做得到。

然后我莫名其妙地想起来很多年前的事情。那是冬天,我放学回家的路上总是被一个男孩子截住,他不断地求我告诉他郑东霓在哪儿。我说她在新加坡,可是他无论如何也不相信。当他终于明白了我不是在骗他的时候,他发了一会儿愣,然后看了我一眼。当时我突然觉得我在什么地方看到过类似的眼神,会不会是我爸爸妈妈的葬礼上,爷爷的眼神。深深的、深不见底的悲凉。

那个男生对我说:"我是真的很喜欢她。"

我说:"这只是你自己的问题,其实不关她的事。"

那应该是我这辈子说过的最残忍的话。

我有节奏地、舒缓地拍着南音的背。不知道过了多久,我觉得她渐渐安静了下来。她的气息渐渐平静,接着她转过身,和我并排坐在床上,背靠着温暖的木纹墙纸。她毫不犹豫地把她潮湿的小脸在我胳膊上蹭干净,然后像往常那样,抱着我的手臂,把她的小脑袋贴在上面。

"哥哥。"她出神地说,"你说,是只有第一次分手的时候这么难熬,还是每次都这么难熬呢?"

"我想是每次。"我回答。

"那到底要多久才能熬得过去呢?"

"我不知道,南音。因人而异吧,有的人只用十分钟,有的人要很多很多年。"

"十分钟?"她诧异,"怎么可能呢?"

"林子大了,什么鸟都有。"

"可是我觉得那样不好。"她摇头的时候,我能感觉到她的发丝在我胳膊上轻扫着,"如果只要十分钟就能什么都过去了,那样活着,什么痕迹都没有,其实也没有意思。"

"有的人生来就只能做那种人,他也不想的。"说真的我很惊讶她说出来这样的话。

"那你说,我能熬得过去吗?"

"当然能。"

她突然加重了贴在我胳膊上的力度,她轻轻地,无助地笑笑:"不行,哥,我还是不能想。一仔细想,就觉得胸口疼。"

"你只要记住一件事就行,你的人生根本还没有开始,所有的好日子都在后头呢。"

"不。"她摇摇头,"不会有多好的日子的。原来我也相信你说的话,可是现在我明白了。那种越活越精彩、越活越充实的人生,是属于另外一种女孩子的。就像给小叔过生日那天,我们请来的江薏姐姐。我一看她就知道,她就是那种终究要越飞越高、挡都挡不住的人。可是我呢,我的未来基本上可以看到了,毕业以后,去爸爸的公司上班,然后到了合适的年龄,找一个和我们家背景差不多的男孩子结婚,就像我妈妈那样,按部就班,到了什么年龄做什么事情。所以像我这样的人,在很年轻的时候,一辈子就已经过完了。"

"南音,我不许你这么想。"我难以置信地搂紧她,从胃里涌上来一阵闷闷的钝痛,"傻瓜,你才多大,要是你现在就没什么幻想,以后那么长的日子,该多难熬,人生很苦的,你懂不懂?"

"那你呢哥哥,你不也一样很早就没什么幻想了吗?"

"那怎么一样呢。"我捏捏她的脖子,"你得比我活得有意思。"

"总之,咱俩都比不上东霓姐姐。"她从我的臂弯里钻了出来,黑暗中,我也能感觉到,她亮闪闪、波光粼粼的大眼睛,在毫无保留地注视着我,"其实我很羡慕东霓姐姐,她那个人,总是今天在这儿,明天在那儿,你都不知道她最终会去哪儿。"她微微一笑,"不过她也有代价的吧。有一次她跟我说,一个女人到了最漂亮、最性感、最有味道的年纪的时候,有可能有钱,有品位,有修养,有很多见识,但是说不定就拿不出来像样点的爱情给别人了。"

"别听她的。"我也笑,"她根本就是反面典型。"

"哥哥,我一直都觉得,东霓姐姐她是有一点瞧不起我的吧。"她似乎有点不好意思,"我知道的,我没她那么好看。她觉得我是温室里的花儿,什么都不懂,也不像她,去过那么多的地方,见过那么多的世面。"

"没有,不可能的。"我肯定地说。

黎明渐渐地来临。柔软的、泛着水光的曙色涌进来。于是黑夜苏醒了,赐给我看清万事万物的视觉。然后我就看到,南音蜷曲着身体,终于睡着了。

2006年的10月,秋高气爽。10月是龙城很好的时节,只可惜,龙城的冬天来得太早了。所以我们龙城人并没有多少时间,好好看看灿烂得就像银杏树叶那样的,秋天的阳光。

就在那个温暖微凉的秋天,我和南音的大伯,变成了一个不会说话,也不会走路的人。

也许是长年累月的酒精终于积累到了可以迸发的状态。脑溢血,让他在某个灿烂的早晨像个断了线的木偶,摇摇晃晃地从家门口的楼梯上面滚了下去。

三婶从医院打电话来,我说:"知道了,我去找小叔一起过去。"

然后我坐下来打小叔的手机,关机。只好再一次心烦意乱地,在那个阴暗的单身宿舍楼里长驱直入。国庆大假，旧楼里空无一人。远远地就能看见小叔的房门虚掩，细碎的灰尘在门缝底下透出来的一束光线里慢慢地游，像是深海里的鱼类。

我闯进去，我说："小叔，快点跟我走。大伯脑溢血，现在在省人民医院急救。"

他错愕地端坐在书桌前，脸上浮现着他惊讶时候的一贯表情，不明就里的话你一定会以为他在为了什么事情而感到非常羞涩和尴尬。他迟疑地说："脑溢血？那，我们该怎么办？"

我几乎是耐心地跟他说："马上跟我走，我们一起去医院。"

他还是那副呆呆的模样，几乎是不情愿地站起来说："好。我们走。"

"你现在手上有多少马上能提出来的钱？"我说，"都带上。人是刚刚才送去医院的。三叔那边堵车还在路上，我怕三婶来不及去取钱。"

他做出一副恍然大悟的表情："对，你说得有道理，钱，是吧？钱——"

"小叔！"我忍无可忍，"你不会被吓傻了吧？拿上你的卡。"我不得不提醒他。

"卡。对，卡。别急，西决，这种时候最不能着急。"他心虚地说，一边哆嗦着拉开书桌的抽屉，"所有的卡都在这儿，应该在这儿的——"

这个时候我听到了门被推开的声音，还有脚步声，以及一个人愉快地说："这个鬼厨房简直黑得像地窖，我刚才差点就把盐当成白糖放在里面。冰糖莲子银耳羹是最舒服的，要稍微放凉一点的时候才更好吃——"

在我觉得这个声音很熟悉的那一瞬间，我看见了她的脸。

是陈嫣。

第八章 千山万水

是陈嫣。

我已经不知道我该怎么想,怎么反应。我只记得,当我注视着同样惊慌的她的时候,我几近空白的脑子里突然闪过一个非常荒谬的场景。我站在讲台上抑扬顿挫地提问满屋子的学生:"现在我们假设,大伯生病住院的这个情况是可以像摩擦力那样被忽略不计的,也就是说,我们不去考虑它,那么眼下甲、乙、丙这三个人,应该做出什么反应?为了求解,首先要做的——非常好,当然是受力分析。那么我现在想请一位同学上黑板来为我们画一下甲、乙、丙这三个人,或者说三个物体之间的受力分析图,这个情况比较复杂,受力分析很容易搞错,谁来画?"

谁来画?你们帮帮我吧。反正老师我也不会画。

"西决。"小叔在身后叫了我一声,语气惊悚,就像是一个惹了大祸的孩子。

我咬咬牙。一阵空白的、就像正午日光的眩晕终于过去了,我想了想——准确地说,我做了几秒钟的努力试图想一想,可是我什么都想不出来。我只能说:"先跟我走,三婶一个人,在医院里应付不来。"

"噢。好的,走,马上走。"小叔像得了大赦那样慌乱地开始穿外套,"我们走了,家里出事了,我们得马上去医院。"我知道他后面那句话不是跟我说的,可是他说话的时候,像是不敢看着陈嫣。

"别忘了钥匙。"陈嫣脸上没有丝毫表情。

"钥匙。"小叔自言自语,环顾四周,六神无主地做了一下寻找状。是我从写字台上把钥匙拿起来放在他衣袋里的。有那么一瞬间我几乎有点同情他,同情他在一个女人面前这么窘态毕露。他是多要面子的一个人,我清楚得很。

我用力把陈嫣关在门里面,希望老旧的门那一声家常的巨响可以惊醒我的噩梦。

小叔比我还糟糕,他又把那串钥匙掏出来企图锁门。他已经颤巍巍地把钥匙送到锁孔那里了。"你干吗?"我说,"里面还有人。"我故意这样讲。似乎里面不过是随便一个无关痛痒的"人"。

他如梦初醒:"我——"

"行了。"我挥挥手,"先去医院吧。"

大伯躺在我的面前,陷入非常深的沉睡。他的脸看上去比我印象中的要胖很多。圆圆的像是个动画人物,呈现一种非常奇怪的紫红色。硕大的氧气罩遮掩住了他飞满红丝的鼻头。他的头发已经稀疏,我就是看见他发丛中若隐若现的天灵盖的时候,才惊觉,我似乎已经很多年没看见他了。

他已经这么老了。但是他肥胖、苍老,和沉睡的样子,比他年轻的时候可爱得多。

大妈目中无人地坐在他的床边,我叫了她一声,她没理我。

郑东霓精巧的脸型和微陷的眼窝都继承自她,昔日的钢铁西施。

大眼睛的美女迟暮之后，多数是可怕的。因为她的眼角会下垂。大妈也不能例外。她的皮肤干燥，飞满了斑。头发也一样，烫得不好，看上去就是涩的，就算洗干净了，也像是存着龙城的风沙。我相信，当她在郑东霓这个年龄的时候，绝对想不到，有朝一日她能允许自己以这样的面目出门。长久沉堕的生活泯灭了她所有娇滴滴的傲气。她早在20年前就已修成正果，可以随时随地在公共场合投入地骂出不堪入耳的词汇。

不过她的脊背依然挺拔着。不像大多数她这个年龄的女人，她潜意识里似乎不能纵容自己的身体那么懈怠，这可能是那些风华正茂的岁月留下的唯一的遗迹。她沉默着，似乎没话可讲。然后她伸出关节粗大的手指，小心地抹掉了大伯紧闭的眼角的一粒眼屎。她细细地端详了一会儿那粒污秽的人体分泌物，然后把它精致地弹到空气里。

然后她轻轻地抓起了大伯的手。她用自己的双手捧着大伯的左手，慢慢地摩挲。似乎周围的一切人一切事情都已经和她没有关系了。小叔说他去跟三婶一起办住院手续和交钱，我相信她没有听见；我应付了一个进来交代事情的护士，她在我们交谈的过程中纹丝不动，似乎那跟她没有任何关系；然后我跟她说："大妈，我去下面的超市买点洗漱用具上来。"她如梦初醒，恍惚地说："好。"她说"好"的时候，把大伯的那只手抱得更紧，好像在轻轻托着一只受了伤的小鸟。

我出门的时候，听见她轻轻地说："你就喝酒吧。"然后，她嗔怪地笑了。

当我们大家重新回到病房里来的时候，她转过身，灰黄、暗淡的脸庞上掠过一丝非常温暖的表情，安静地跟我们说："辛苦你们了。大家都累了，都回去吧。"

那个时候我才恍然大悟，他们是在和平共处。他们吼叫了这么多年，厮打了这么多年，互相羞辱了这么多年，终于可以偃旗息鼓了。他像个婴孩一般终日单纯地需要照顾，她像个母亲一样满怀着牵肠挂肚的温柔。这真是一件让人不习惯的事情。

不过，任何事情到了最后都是一个习惯的问题。比如我知道自己最终能习惯大妈对大伯的无微不至，比如我也知道我最终还是能习惯小叔现在和陈嫣在一起。

但是我不愿意想这件事。我一想起来就恶心——这不是修辞，是真的恶心。一种很生猛的力量蛮不讲理地撕扯我的胃。我没有回忆的力气，更没有力气来用我的大脑为这件事情找到一个合理的解释。所以我经常待在医院里，还好眼下我可以做的确实有很多，这样我就可以减少和所有人碰面的机会。

我在病房里度过每一个夜晚。因为总得有人来接替大妈，让她睡上几个小时。不过只要她醒着，我就像是个摆设。大妈几乎什么都不让我插手，她沉默地、有条不紊地做一切的事情：擦洗，帮大伯翻身，看点滴，喂他吃那些在我看来和婴儿米粉差不多的食物，然后清理他的排泄物。大伯时睡时醒，就算睁着眼睛的时候也不能讲话。他已经不能控制自己的面部肌肉，总是一副在发呆的样子，就连眼神也是日复一日的一潭死水。而且很可能，他的余生里只能这样牙牙学语地活着了。他嗓子里不断地发出断裂的、没有意义的音节，带着沉重的嘶哑的喘气声。

可是大妈总是笑着，煞有介事地回应那些零乱的声音：

"太烫了是吗，对不起。"

"痒？哪里？我帮你抓。不对啊，不是这儿，那是哪儿？别急嘛，我又没有让你指给我看，我知道是什么地方。真是的，事儿还挺多。"

"不好吃，我也知道不好吃。可是怎么办呢，你现在连嚼东西都不会,你怨谁? 真难得你还操心我吃什么。我的伙食比你好得多,你是嫉妒我吧——"

她就是这样自说自话,并且配合着措辞微妙地调整着表情。那种场景看多了很恐怖,就像一出永远没有高潮,也永远没有落幕迹象的独角戏。

我并不觉得那个躺在床上的苍老的婴孩是我的大伯。我似乎根本就不认识他。喂他吃米粉的时候总有食物的残渣从他嘴角流下来,一路畅通无阻,在他的下巴或者面颊上划着腌臜的轨迹。我替他难为情,他自己却理直气壮地维持着呆滞的神情,大妈也一样理直气壮得很,一边替他擦嘴一边笑话他。

他们俩似乎都不再是原先那对糟糕的父母,而是两个被贬入凡间的老天使。在成熟的人海中,笨拙地维持自己的无邪和原始,为了给自己加油打气,不得不把无能为力变成一个庄严的仪式。

于是某天深夜,我就在昏暗的病房里听见了这样的对白。

先是大伯没有意义地发出"咝,咝"的声音,但是跟以往有所不同的是,这次他很固执,把这个单调的声音沙哑地重复了很多次。

然后大妈抓住他的手,语气充满宽容:"你别做梦了。东霓她不会回来的。"然后她把他的手贴在脸上,来回地摩擦。

"咝,咝"的声音低沉了下去,但是还在不屈不挠地持续。

"我跟你说了多少年啊。"大妈非常抒情地叹气,"东霓她是你的女儿,是我们俩的孩子。没错,为了从清平县调回来,我是和那个人睡觉了。其实他也不是个坏人,至少他没有骗我,他得到他要的东西,也真的帮了我的忙——要知道那个时候,想要骗我这么个什么都没有,但是还想求人的女人,多容易呵。我知道——"她柔情似水地微笑,"你们男人最怕的就是丢面子。但是现在你不能上来打我了,所以我得告诉你,我就是这么想的,我一点都不恨他。谁愿意待在清平县那个穷地方过一辈子呵,我不甘心。可是呵——"她看着他没有表情的肥大的脸,"东霓不是他的孩子。东霓的脾气多像你呀,死犟死犟的,什么道理也说不通。她怎么可能是别人的孩子呢?"

我慢慢地退到了病房门外的走廊里,深夜里悠长的走廊里,总会刮着一股长驱直入的穿堂风,穿透了我的身体。医院的走廊尤其不同吧,我坚信,总是会有几个刚刚辞世的灵魂和我相安无事地擦肩而过。虽然我看不见他们,但是我能感觉到,那种被世人称作"鬼"的,温柔的呼吸。

这个时候我看到小叔从远处的灯光深处走出来,因为明暗的关系,有种风尘仆仆的错觉。他羞赧地对我说:"我来接替你。你已经在这里待了好几个晚上了,你回去睡吧。"

我点点头。在他欲言又止的时候我主动说:"小叔,这种事情,只要你情我愿就不是错。你不用想太多。只是我往后,不可能再像过去那样对你推心置腹,我没有什么话好和你讲了。你有你的苦衷,我也有我的。"

然后我一个人来到医院的大门口。深夜的龙城就这样和我撞了个满怀。医院门口的这条街,夜夜灯火不熄。全国各地的风味小吃店静静地待在各自盘踞的地方,等待着那些照顾病人的人进来吃消夜。庸常生活总是会在你心力交瘁的时候给你一个恰到好处的拥抱,提醒你,活着这件事,并不总是那么艰辛。

我的电话接着响了。里面传出来一个疲倦的声音:"西决,是我,我回来了。"

他们都说一个女孩子出国以后会长胖的,尤其是去北美的女孩子。

还好，郑东霓没有。

我像个博物馆讲解员那样，带着她穿越人民医院那些复杂的走廊。她跟在我身后，一言不发。我已经记不清，上一次看到她素面朝天是多少年前的事情。似乎只要醒着，她脸上就带着妆。看到我的时候，她对我笑笑，她说："嘲笑吧，我变成了货真价实的黄脸婆。"

其实她不施脂粉的样子更年轻。大半年的小城生活似乎让她朴素了下来。她穿了一件很简单的格子外套和一双平底的靴子，衬得她的脸更干净。

我们终于停在了大伯的病房门口。

她说："你先别进来。"我了解，她想要和她的父母单独待一会儿。

但是两秒钟以后她就跑了出来，一副惊疑的表情："西决你开什么玩笑，我要去看我爸爸。"

我比她更惊讶。

她照我肩膀上打了一下："里面床上的那个是个什么东西？根本就是条巨型蜥蜴。我爸爸到哪儿去了？"她突然间住了嘴，顷刻间面如土色。

我用力地捏捏她的肩膀，鼓励她："我陪你进去。"

大伯还在酣睡。被子上面露出他色泽奇怪、看上去肿胀的脸。大妈这个时候出现在病房门口，手里拿着空脸盆。

大妈看到郑东霓，点点头，说："他还要睡几个小时才醒。你跟着西决回三叔家，过一会儿再来。"似乎她完全不知道她的女儿刚刚经过千里迢迢跋山涉水的路程。

"我等他醒来。"郑东霓冷冷地说。他们家的人就是这样，从来不称呼对方。

"先回去吧。"大妈笑了笑，"你在这里也没有用，一会儿你三婶会来。多你一个人,我们都碍手碍脚的。"她自如地说,"其实你回来做什么。这么大的人了,做事情还是没有脑子,你三叔三婶这几天都挺辛苦,你跑回来人家还得照顾你。"

我默默地注视着眼前这荒诞的一幕。郑东霓很尴尬地站在那里,然后,我在她的眼睛里又看到了那种熟悉的、一瞬间被仇恨点燃的东西。

她挺直了脊背,仰起脸,慢慢地说:"他情况严不严重?"

大妈漠然地说:"他现在不会讲话了,面瘫,也不大能走路。不过医生说,恢复得好的话,还是可以拄着拐杖走走的。——你不用这么看着我,我不会跟你要钱,你放一百二十个心吧,我能想办法应付。"

"是吗?"郑东霓像她少女时那样,粲然一笑,"他怎么还不死啊?"

大妈连眼皮都不抬一下:"你可以当他死了。反正我会照顾他。没有人会拖累你的。你走吧,你不用再回来。"

"给我一点他的头发我就走。"郑东霓紧紧地盯着大妈,"这件事情你已经拖了好多年。"

"我说过,"大妈嘴角边深刻的纹路紧张地若隐若现,"我活一天,你别想。你这辈子就是他的女儿,你不甘心也没用,想做鉴定除非我死。"

"我不会罢休的。"郑东霓恶狠狠地说,"总有一天我要证明,我和这个人没关系。"

"那你想做谁的女儿?"大妈从鼻子里轻蔑地哼了一声,"那个当初和我有过一腿的男人如今是大钢铁公司的副总,你想去当人家的女儿?也不看看你自己配不配。人家儿女双全,凭什么认你。就凭你,十几岁就到新加坡去卖色相,哪个有头有脸的人家敢要这样的女儿?"

"彼此彼此。"郑东霓扬起脸,"你又不是没卖过。我从小就看着这个男的因为你去卖把你打得落花流水,哭爹喊娘,一点廉耻都不要,到头来还满嘴都是替嫖客说话。贱。就凭你也好意思让我叫你'妈'?"

大妈微微一笑,放下手里的水杯:"当初我要是不去卖,你今天就只能在清平县的发廊里给人洗头。100块钱就能跟你睡一次。哪儿还有今天,能卖到美国赚美钞去?你凭什么不叫我'妈'?饮水总得懂得思源吧。"

有那么一瞬间,我甚至庆幸自己父母双亡。

"你妈了个×。"郑东霓娇媚地眯了一下眼睛。

"嘴巴放干净一点,我妈是你姥姥。"

我再也受不了了,一把从后面把郑东霓紧紧箍住,她咬着嘴唇一言不发,倔强地挣扎。我在她耳朵边说:"走吧,走吧。算我求你了。这样有什么意思?这儿是医院。"

我忘记了,他们家的人早就可以无视公共场合和私密场合的区别。我把她一路拖出去的时候,也只好跟着学习无视整个病房的人投射在我们身上的眼光。

我似乎一直都能听到她肩膀的关节轻微的声响。

我们终于来到了医院的花园里面。她面无表情地坐在花坛的边缘,然后她抱紧了自己的膝盖,闷闷地问我:"给我烟,行吗?"

我点上一支,塞进她嘴里。她像个吸毒者那样,迫不及待地吸了一大口,然后她抬起惨白的脸,满眼无助的悲凉。

"你在笑话我吧,笑话我丢人出丑,你瞧不起我了吧?"她深深地凝视着我,突然微笑了一下,"可是我们家这么多年,大家就是这么讲话的。一点都不奇怪。我小学四年级的时候,我爸爸就跟我说,我根本就不该姓郑。我是野孩子,我是我自己的妈和她的嫖客生下的——

这是他的原话,我一个字都没改。"她满脸都是凄楚的甜美,"你没见识过吧西决? 当然了,你的爸爸妈妈都是工程师,都是有文化有教养的人,西决你知道么,小的时候我有多羡慕你,我羡慕你有一对那么相爱的爸爸妈妈,我真的愿意和你换,就算是做孤儿我也不在乎的。因为做你爸爸妈妈的孤儿一点都不丢脸——"

我蹲下身子,两只手掌覆盖在她的膝盖上,用力地按了按。我说:"都过去了。你早就长大了。你早就不用再依靠任何人活着。你脱胎换骨了懂么? 不用怕,真的都过去了。"

"西决,"她出神地看着我的身后,"在飞机上的时候我还想着的,我这次要亲口跟他们讲,我怀孕了。"眼泪涌到了她的眼睛里,"可是一见面,还是照旧。我什么都说不出来。"

我把那支香烟从她嘴上夺下来,扔在地上狠狠踩灭了:"那你还抽!"我责备地看着她。

"我这种人有可能教育好一个孩子吗,西决?"她悲切地看我,"所以我一定要去做那个亲子鉴定。我不是这个家的孩子,我不是你大伯的孩子,我肯定不是的。我二十八岁了西决,我要做另一个人的妈妈了——可是我不知道我该怎么做,我那么自私的一个人,我除了化妆、除了吃喝玩乐、除了花钱、除了跟男人打交道之外,我什么都不会,我自己的父母连什么是廉耻都没教给我。我能教给我的孩子什么啊——"她神经质地自言自语着,眼睛里空茫茫的一片,完全忘记了我的存在。

"姐姐,姐姐——"远处传来了郑南音元气十足的喊声,她远远地朝我们跑过来,一只手费力地管束着她肩上那只斜挎的运动背包的带子。

"我不就是国庆节大假跟同学出去玩了几天吗?"她气喘吁吁地

说，表情一贯无辜，"我才走了几天呀，怎么发生这么多的事情呢？大伯是不是变成植物人了哥哥？怎么什么话也听不懂呀？"

大概是注意到了郑东霓脸上的泪痕，她夸张地伸出双臂准备熟练地扑过去："姐姐——"我在旁边抓住了她的胳膊："轻一点。不能再像以前那样没轻没重的。"南音脸上顿时被一层惊喜点亮了。

"真的啊？"她欢呼，"我很快要当小姨了，对不对，姐姐？"我点了点头，可是郑东霓依然呆若木鸡，南音不耐烦地咬咬嘴唇："真是的。"然后她慢慢地蹲在郑东霓面前，眼睛流光四溢地注视着郑东霓的腰带，"小家伙——"她笑了，"小家伙——我是小姨。"她伸出手，轻轻用指尖探了探东霓的肚子，"小姨——记住了没有，我就是你的小姨。"

郑东霓突然紧紧地搂住了郑南音。郑南音也非常熟练地搂住了郑东霓。

"小兔子你还记得吗？"郑东霓的眼睛不知道注视着我身后的什么地方，她的胳膊突然狠狠地用了一下力，把郑南音紧紧地箍在她的身体里面，"你上小学六年级的时候开始戴文胸。你想要我带着你去买，然后你到我们家楼下等我一起去商场。我要你上楼来，你死活都不肯，就是要在楼下等着，你说，我不去你们家，我害怕你爸爸妈妈。你还记得吗——"

我弯下腰，有点紧张地摸摸她的脸。"郑东霓？"我叫她。

她不理会我，依旧自顾自地说下去。脸上的表情是种很奇怪的迷惑和神往。

"他们打架经常就是为了一些很小很小的事情，西决。"她笑了。她慢慢地说着，都是往事，一桩桩，一件件，她什么都记得。一点一滴，都是她深藏着的屈辱。

郑南音这个时候很费力地从她的臂弯里探出头来:"哥哥,哥哥,救命。她一直这么箍着我,我出不来。"她的样子像是一个落水的人奋力地挣脱一团乱麻般的水草。

被我救出来的南音很惶恐地问我:"她怎么了?"

我们两个束手无策的人只好先把她带回家。她倒是非常合作,一路上很顺从地跟着我们。只是我们谁都没有办法让她停下来。她不停地说,语气都是很平缓的,没有什么特别大的起伏。可是声音源源不断。上车,下车,走在小区里,按电梯按钮,上楼——她说话的声音已经开始压迫我大脑里的神经。南音每隔两分钟就把手放在她的额头上试试,忧心忡忡地说:"她并没有发烧啊。"

她蜷缩在沙发上,看上去很美很懒散。但是正是这样的懒散才让我们害怕。

"西决,你知道吗? 有一回因为2000块钱,他们打起来。我不记得他们要用那2000块钱做什么了。我爸爸要去银行取,我妈妈不准。我妈妈说那样会损失掉定期存款的利息。于是他们就打起来。每次都是这样的,谁都不肯让一步,打完了恐怕都忘记了原因。所以我就跑到三叔家,我想去跟三叔借2000块钱,因为我马上就要考试了,我想要用这2000块钱让他们安静一晚上,给我一点时间看看书。我已经走到了三叔家门口,可是我还是没有敲门。因为我知道三叔一定会借给我的,所以我才觉得丢人。然后我就去找我们班里一个男生,他家很有钱,他一直在追我,只不过我嫌他长得太丑,一直不肯给他好脸色。我把他叫出来的时候,他受宠若惊。我说我现在就和你好,跟你谈朋友。你想怎么样都可以,但是你无论如何都要给我2000块钱。后来,他因为偷他爸的钱被暴打了一顿,可是我呢,我并没有遵守诺言跟他好，我只让他亲了我一下，没几天我就和别人在一起了。他质问我的时候，我说，你有证据吗，你凭什么说我拿了你的钱？他一定恨死我了吧。那是我第一次拿男人的钱，十四岁，一旦开始，就是真的开始了……"她笑了，笑给自己听。

"我每天都在想要是有一天他俩互相把对方打死就好了。他们为什么一直那么健康地活着呢？他们死了，我就可以和你一样，跟三叔三婶，还有南音一起生活。

"那个人跟我说，他是酒吧经理。他把麦克风给我，说你上去唱一首，你要是唱得好，我就带你去新加坡赚钱。我那时候什么衣服都没有，也不懂得化妆。可是我只是觉得，脸上一点颜色都没有的话，台上的灯光打下来会不好看的。那个酒吧的吧台上有一支不知道是谁的口红。很旧，很脏，都有一点干了，说不上来是什么颜色的。我偷偷地把它涂上了。可是我太用力了，我也不知道怎么回事，把那支口红弄断了。我当时心里很慌，我赶紧把断了的部分悄悄放回去，拧上盖子。站在台上唱歌的时候我心里一直想着口红的事情。我害怕它的主人会回来发现是我干的。我就这么一边害怕，一边把歌唱完。我想我铁定砸锅了。可是没有想到，那个人问我，你真的是第一次上台吗，难得你一点都不做作，脸上那种伤心的表情都是自然的，不像好多女孩子，一看就是装出来的。"

郑东霓终于安静了下来，两行泪非常干净、非常迅速地沿着她的面颊滑行，她叹了一口气，我倒是在她的这声叹息里嗅到了一点好不容易才回来的"理智"。她看着我的眼睛，她说："他说，我会红，我会颠倒众生。可是，我没有。"

说完，她就闭上了眼睛。

没过多久，她呼吸的声音变得缓慢。我知道她睡着了。

南音帮她盖上了一床被子,然后难过地看着我说:"她是不是疯了?"

"乌鸦嘴。"我瞪了她一眼。

这个时候,突如其来的电话铃声着实让我们俩非常恼火。还好郑东霓只是有些不满地在沙发上翻了个身,依旧沉睡。

"西决,我是 —— 我知道你这两天很忙。但是我还是想找个时间,跟你好好谈谈。"

我深呼吸了一下,非常无奈地说:"陈嫣,没什么可说的。你我已经分手,原则上你愿意跟谁在一起,我都没有资格过问。"

"西决,我真的有事情想要解释 ——"

"不用解释。我什么也不想知道。"

电话那头的陈嫣像是在下非常大的决心,终于咬了咬牙似的,斩钉截铁地说:"那你知道吗,我就是唐若琳。"

这个世界就在一秒钟之内归于寂静。我想可能是响彻我的耳朵的那种尖锐的耳鸣声,帮我掩盖了真实世界里一切琐碎的杂音。就在这么一片灰白的像堵墙的寂静中,我听见她说:"现在,你愿意来见我了,对不对?"

第九章 钗头凤

现在她就坐在我的面前。我最终还是来见她了,并且比约定的时间早了十分钟。这个女人她总是有办法胁迫我,我也是刚刚才醒悟过来。

短短的几天,为什么每个人都来告诉我他们的秘密?

她帮我倒茶,安静地问了一句废话:"想喝绿茶还是红茶?"

我也突然想到了一句最无关紧要的废话:"如果你是唐若琳的话,你年龄应该比我大。为什么你连这个都瞒着?"

她微笑,看着我的眼睛,简洁地说:"因为在大学里我和你同届。我不愿意大家误会我是留级生。"

她紧紧地抱着茶杯,似乎在用它来暖手。

"你是不是故意接近我,想有个机会,回来我们家报复小叔?"

她笑出了声音:"西决,你好可爱。你当我基度山伯爵啊。"

"不是故意的,就是巧合了?"我问。

她点了点头。

"那——你和小叔什么时候走到一起的,是跟我分开之前,还是之后？"

她沉默了片刻，勇敢地说："之前。"

其实我可以想到。因为我突然间想起了，在我们大家送郑东霓那天的回程的路上，小叔意味深长地问我："真的就是她了？……还年轻，再多看看也没什么不好……"

"现在我问最后一个问题，最重要的问题。"我艰难地注视着我茶杯边缘那道隐秘的裂缝，"那个孩子，是我的吗？"

"是你的，绝对是你的！"陈嫣像是突然间被什么东西点亮了一样，急切地重复着，"西决，这件事儿你无论如何要相信我。"

"所以你一定要打掉我们的孩子，因为你已经决定了要离开我。"

"是的。"她轻轻地点头，"那段时间我心里特别乱。我想要和你说实话，可是我不敢，我说不出口。然后我就怀孕了，那是个意外。我当时也没想那么多，我只是想着，想着借着这个机会找个借口和你分开。因为——我还没准备好告诉你我究竟是谁。我已经撒了那么多谎，就必须再撒下去。所以——"

"所以你利用房子的事情，其实你是故意的。"我不动声色。

"对。"她低下头，"我只能赌一把。我觉得若是我让你去做一件你怎么都不会做的事情，我们就能借着这个机会分开了。"

"让我去跟三叔开口要钱，这的确是我怎么都不会做的事情。你厉害，真厉害。"

"我只不过是了解你。"

然后我就听见"哐啷"一声响，那响声似乎离我很近。再然后似乎有人往我的左手上面淋热油一样，火辣辣地灼痛。再再然后我在自己的手心里看到了四处横流的血，和已经变成浅褐色的茶，以及几片碎玻璃。我这才知道，我把那个玻璃的茶杯捏碎了。

我说:"对不起,我弄脏了你的地板。"

她尖叫了一声,扑上来不管不顾地把碎玻璃从我的手掌上拣出去。我的血沾染了她的手,一滴一滴地滴在她的衣服上,她全然不顾,眼睛里全是非常坚忍的悲伤。我突然想起来,大学的时候我们一起去献血,献血卡上面我们俩的血型都是 A 型,那个时候她说过:"真好啊。这样以后万一有什么事情,我们可以用自己的血救对方的命。"

我不知道为什么突然想起了这个。她已经从房间里跑了出来,拿着一卷纱布,把它们一层一层紧紧地勒在我的手掌上。"先止血。"她说,"等血止住了,我再帮你消毒和包扎。"她很紧张地看着纱布,一旦有红色慢慢渗透出来,她就像掩耳盗铃一样更紧地缠上一层新的。慢慢地,血不流了。她开始冷静地帮我涂碘酒。好几个红色的酒精棉球被扔在地上,杀气腾腾的。

"陈嫣,你有没有真的爱过我?"我问她。

她看着我,突然间,泪如雨下。

"你为什么不说真话?"碘酒那种要人命的疼痛让我说话的声音都有一点飘,"要是你早一点告诉我你和小叔的事情,你怎么知道我不会让你走? 我甚至可以帮你们保守这个秘密。可是你,陈嫣,我到底该说你精明还是说你傻? 你用那个孩子来骗我一时,你能骗我一辈子吗? 如果你真的跟小叔走到了一起,大家怎么可能不知道你是谁?"那种火辣辣的疼又一次加剧了,从手掌,直抵喉头,"可是你把所有人都想得像你那么自私,所以你就可以不择手段。陈嫣,你无情。"

我还记得我们分手的那天,就在这个地方,她狠狠地甩掉了筷子,在满室阳光中绝望地哭:"你爱过我吗? 你真的爱过我吗? ——"没有人知道那个时候我动摇过,没有人知道那个时候我其实很想走过去抱紧她,然后让我们彼此原谅。现在想来,若我真的那么做了,反而坏了她的计划。我不知道她那天的失望和伤心有多少是真的，有多少是假的，我不愿意去追究这些细节了。我的伤口很疼。我想马上离开这儿。

她温柔地抚摸我左手上面的纱布，就像我们从来都没有分开过。她像是在逼迫自己一样，直直地看着我的眼睛。于是我习惯性地伸出右手，在她满脸的泪痕上抹了一把。

"西决，"她慢慢地说，"刚才我跟你说的，只不过是整件事情大致的过程。可是还有一些事情，你不知道。"她抓住了我停留在她脸上的右手，送到嘴边，轻轻地亲了一下，"最后一次。"她笑了，泪光闪闪。

"西决，其实我也想问你一样的问题，你真的爱过我吗？"

我愣了一下。

她非常宽容地看着我，这个时候的她明明是那个我最熟悉的陈嫣："每个人都以为自己爱过，其实事实不是那样的。若能在每十个叫嚣着自己爱过的人里，找到一个真的爱过的，就不简单。要是你真的爱过什么人，你就能知道你究竟有没有爱过我。要是你其实从来都没爱过谁，你不会明白。

"那个时候我被学校开除以后，我妈妈就把我送到了舅舅家。走得很匆忙。我都没有时间和机会去跟你小叔告个别。现在想想……"她真挚地对我笑笑，然后低下头去捡那一地的血红的棉球，"现在想想，其实那个时候你也是龙城一中的学生吧，你念初中，说不定我们还在校园里见过呢。"

然后她一边有条不紊地清理着地板，一边娓娓道来。

"我舅舅家在浙江的一个小地方。很小很古老的镇子。我舅舅在那里开了一个小工厂。我就帮他做事，跟订单，接电话，对账，一个月是500块钱。舅妈不喜欢我住在他们家里，我就睡在办公室的沙发上。那张沙发很旧很老了,弹簧都变得硬邦邦的。我在那上面睡了两年零九个月以后,就成功地睡出来了腰椎的毛病。然后有一天我突然想,我不能就这样过一辈子。"

她重新帮我泡了一杯茶,氤氲的热气弥漫在她的眼前,当水雾润泽着她的眼睛时,她看上去比什么人都善良。

"不过我还是很感激我舅舅。因为是他帮我弄了一个全新的身份。反正在那个小地方,很多事情比在大城市里好办得多。费了很多周折,我的户口迁到了那个小镇上,变成了那个小镇上一个高中的复读生。名字也换了。唐若琳从此不存在,'陈'原本就是我妈妈的姓。然后我就带着这个新名字去考了大学。再然后,我就认识了你。你不知道那个时候我有多开心 —— 因为我觉得我终于可以安心地做陈嫣,安心地和一个单纯的男孩子谈恋爱,安心地听他讲讲龙城的事情,在心里偷偷地怀念一下我真正的家乡。直到有一天 —— 我知道了你的小叔是谁。是你自己告诉我的。西决你还记得吗 —— 原来我还笑你,整天你姐姐长,你妹妹短,就像贾宝玉。那个时候你经常说你姐姐这个,你姐姐那个,终于在很长一段时间以后你才无意中告诉我,你姐姐就是郑东霓。我真是笨,我居然没有从你的名字上猜测一下你姐姐会不会是我当初认识的那个人……"她笑笑,"知道了谁是你姐姐,我就知道了你和郑鸿老师是什么关系。"

我静静地听,反正除了听,我也不知道该说什么。

"你还记不记得,咱们俩第一次很严重地吵架,是什么时候?我整整一个礼拜不肯接你的电话,你当时好执着啊,不停地道歉,道歉,尽管你根本没有做错任何事情。不过是因为,你告诉了我你姐姐的名字。那时候,我心里好害怕,我只是觉得为什么老天爷就是不肯放过我。在那一个星期里我每天都在想,不如就借这个机会和你分手算了……"

我略带讽刺地笑:"原来这是你惯用的伎俩。"

她静默了一下,脸上突然掠过一点点神往的表情:"可是最终,我还是想赌一把,西决,因为我舍不得你,舍不得就这样放弃你。我想毕竟我的名字已经换了,毕竟我可以隐瞒我真正的年龄,而且我说话的声音和腔调都因为在南方的那几年,有了变化。我长胖了一些,换了发型,我还做过割双眼皮的手术……"她笑得非常得意,像个恶作剧得逞的孩子,"所以我就想,为什么我不试一试呢?说不定别人只是会惊讶陈嫣和那个唐若琳长得很像。尤其是,到后来我发现我真的骗过了郑东霓,那差不多是我这几年最开心的时候了。"

"当初我们家见过你的人,只有两个。"我看着她的眼睛,慢慢地说,"郑东霓,和我小叔。其实你心里非常想让我小叔把你认出来对不对?你知道我小叔就算真的认出来,他也不会拆穿你的。他就会当什么也没发生过。这样你就可以向他炫耀,你还年轻,你风华正茂,你的人生可以重新开始,但是他完蛋了,对吗?"

她看着我的眼睛,慢慢地摇头:"不对。我心里是在偷偷地希望他把我认出来,是因为……我……因为……"她微微低了一下头,"我依然爱他。"

其实所有的阴谋,就这么简单。至少,我就是在那一瞬间,完全相信了她。所有逻辑混乱的谎言,所有拆了东墙补西墙的遮掩,所有不合情理的隐瞒,所有欲拒还迎的欺骗,无非就是那么简单:时隔多年,她依然爱他。

重逢的时候,她已经变得精明世故,变得丰满动人;重逢的时候,他已经远远不是她的对手;重逢的时候,他依旧像当初那样天真赤诚,所以他比当初还要不堪一击;重逢的时候,她轻而易举就可以打垮他,因为她早已不再善良。他们都经历过了所有的惩罚,所有的磨难,他们就在这样的惩罚和磨难之后变成了截然不同的两种人。她变成了那种他惧怕的人,他变成了那种她瞧不起的人。可是往日刻骨的眷恋依然活着,像是某种非常卑贱的野草,已经奄奄一息但就是一息尚存,独立于人的思想,人的判断,人的势利,人的选择。没错,没错的,我承认,陈嫣的确有资格说一句:不是每个人都真的爱过。

"你还记得那天,因为南音交了男朋友,你三婶打了她一耳光吗?后来你三叔去追南音,你到厨房陪你三婶聊天。你现在能想到了吧,那天你家客厅里,只剩下了我,还有,他。"她的神色越来越柔软,"那个时候我们俩都没说话,你知道的,我去过你们家那么多回,可是我从来没有单独和他相处过。他突然问我,这几年,你过得好不好。当时我都吓傻了,我不知道该说什么。我不知道该回答问题,还是该说你到底在讲什么。我在那里发呆的时候,他就撕了茶几上一张便笺纸,在上面写了几行字,然后折起来,慌慌张张地递给我,就进屋了。"

"他写什么?"我是真的来了兴趣。

"你绝对想不到。"陈嫣眨了眨眼睛,"东风恶,欢情薄,一怀愁绪,几年离索,错,错,错。"

我嘴里的茶水差点呛出来。然后我和陈嫣一起捧着肚子哈哈大笑。就像是我们过去并排坐在沙发上看《武林外传》一样。我觉得这样没有控制的狂笑简直是神经质的,但是我完全停不下来。"我不行了。"我冲着陈嫣喊,"我真的不行了。居然用这种方式来挖墙脚——"

陈嫣用食指抹掉了眼角一滴泪:"就是说啊,他居然没有变,快要十年了,他怎么可以一点都没有变? 可是西决,你真正该笑的人是我。"她看着我,慢慢地说,"本来我以为一切都过去了。可是就是在我看了这个的第二天,我去找了他。也就是说,我是从那天开始背叛你的。我不知道因为我，他一直住在那个最暗最偏僻的楼里。那座楼真的很神，我读书的时候它就是那样，现在依然是那样。我站在里面，闻着那股十年来丝毫没有变的气味，我就知道，我完蛋了。"

那个时候我突然觉得，我和陈嫣就像是两个相知多年的老朋友，彼此见证过对方最丢脸的时刻。

窗外天已经黑了。我站起来，用我仅剩的右手抓起我的外衣。"我该走了陈嫣。"我转过脸冲她一笑，"不管怎么说，谢谢你最后娱乐了我。"

她欲言又止："注意你的伤口，这三天里不要让它碰水。"

我点头，等待着她的下文。我当然知道她还有话说，这点了解还是有的。

"西决，"她很羞涩，"有件事情我要求你。不要让你小叔知道，我怀过你的孩子，我知道这很过分。但是如果他知道了，他这辈子都没法面对你的。你了解他，他是个什么样的人。"

我暗自冷笑，这未免太残忍。

"但是我三叔三婶已经知道你前段时间怀了孕，不关我的事，是南音那个坏家伙说的。"

"是吗？"她愣了一下，随即说，"那就拜托你了，想办法让他们都知道，那个孩子是你小叔的。这样就没有人会因为这个来找麻烦了。"

我没有表情地说："好。"

她突然走上来，从后面抱紧了我。那种熟悉的、温暖的气息从脊背上慢慢地抵达胸腔。我知道她在掉眼泪，她说："西决，"她小声地、温柔地叫我，就好像我处于弥留之际，"西决，西决，我感激你一辈子。"

"我把江薏约出来，咱们一起吃个饭，好不好？"郑东霓一边梳头，一边从镜子里诡秘地冲我眨眨眼睛。

我装作没有听见。我暂时还不想告诉她，自从南音她们给小叔过生日之后，我其实已经跟江薏见过好几次面了。吃饭，看电影，聊天，也和她的一群记者朋友一起去过什么当天来回的旅游景点。但是仅此而已，我从她的身上看不到任何想要让两个人的关系更进一步的讯息，这样很好，我乐得清净。

我暂时没有任何兴致和心情去和另外一个女人纠缠，所以江薏是个不错的玩伴。她聪明，大方，谈吐不俗，并且从来不问我任何涉及隐私的问题。

"江薏的父母很早就离了婚，她跟她爸爸长大。她爸爸是大学教授，人很风趣的。还有还有，那个时候江薏是我们年级公认的'小神童'。可能因为家里没人照顾她，她爸爸在她很小的时候就把她送去上小学了。高中毕业那年，江薏才十五岁。我的意思是说……"她再次诡秘地眨眼睛，"你和她其实同年。"

"你有完没完，你管好你自己吧。"我忍无可忍地说。

她再也没有去医院看过大伯。大伯出院了以后，她也没有再回过家。那天她话痨般地喋喋不休之后，睡了一觉，第二天早上就精神焕发地出门逛街了。留下我和南音两个人面面相觑，不知道前一天我们眼前那个脆弱狂乱的郑东霓是不是我们的梦境。

这个家随着大伯的治疗告一段落、随着郑东霓的再次归来重新变得热闹起来。三婶开始给她能想到的所有人打电话，为了找到一个"好的"妇产科大夫给东霓检查，郑南音跟着上蹿下跳地起哄，整日缠着我问她给婴儿起的名字究竟好不好。就是在这样的热闹中，天气变凉了。每个清晨，冬天隐隐约约的体香就扑面而来。

某个周日的傍晚，我把郑南音送回理工大。她非常快乐地站在台阶上跟我挥手："哥哥，下礼拜我回家的时候，咱们和东霓姐姐，三个人一起去买糖炒栗子哦!"

我很高兴她现在大部分的时间都住在学校里。因为她根本不知道接下来的一周,这个家里会发生什么事情。明天,小叔就会来和三叔三婶摊牌,然后宣布他和陈嫣的婚事。

所以从明天起,我打算消失一段日子。想想看,三叔和三婶需要花一点时间来听明白所有的来龙去脉,要花点时间来惊讶以及消化这个惊讶,要花点时间来对小叔和陈嫣这对在他们看来突兀的组合表示质疑,要花点时间来反对来劝说,要花点时间来听听郑东霓的证词,最终还是要花点时间来接受现实。加起来,一周或者两周可能够了,所以我打算离开三叔家一周,我不在场的话,很多尴尬的确可以避免。

于是我随便走进了一间理工大门外的酒吧。我同样需要一点时间来想想我要去哪里。

于是我就在这家名叫"花样年华"的酒吧里,看见了江薏和她的一群朋友。

于是她就非常热情地为我们大家做介绍。介绍给我一张又一张反正以后不会再见到的脸孔。我们虚情假意地热情着,却又是真心真意地相谈甚欢,一起投入地为了某个不好笑的笑话笑一笑。不知不觉间,空的饮料杯摆满了一桌。

于是,散场的时候,江薏很热情地问我,是要回家还是要重新找个地方玩。我说我一切听女士的安排。

于是,她把我带回了她的公寓。

于是,我们就做了很多寂寞的男人女人在寂寞的时候都会做的事情。

于是,第二天早晨,江薏给了我一把钥匙,说这一周之内它是你的。傍晚我从学校下课的时候,回家收拾了一个简单的旅行袋,搬了进来。

江薏非常担心地看着我，说："你放心吧，郑东霓知道你在我这里。我给她打了电话。她说你躲一躲是对的，反正你们家现在乱成一锅粥。等你方便回家了以后，她会再打电话的。"

我一边豪爽地往我的米线里撒辣椒酱，一边说："知道了。"

她轻轻抚摸了一下我的脸，说："可怜的孩子。"

她说："你知道吗郑西决，从我十七岁那年，看完威廉·福克纳的《喧哗与骚动》开始，我就不知不觉地，想要做每个我喜欢的男人的凯蒂姐姐。"她笑起来的样子最为性感。

我诚实地问她："那个威廉什么，他是谁？"

她眼睛里面的笑意更深了，她说："糟糕了，我怕是真的喜欢上你了。"她深深地叹了一口气，"你长了一张很讨女人喜欢的脸，这跟'英俊'或者'帅'是有区别的，你懂不懂？"

我笑笑："您阅人无数。"

她谦虚："不敢当。"

我在江薏的家里安然待了十天。像平常一样早出晚归，尽可能地避免在学校里和小叔碰面的机会。十天里面，三婶只给我打过一个电话，只是非常家常地问我吃得好不好，天气凉了衣服够不够穿，在她的语气开始产生微妙变化的时候我就敏捷地把电话放下了。置身事外的感觉非常好，这种大家都默契地允许我置身事外的感觉就更好。我可以非常安静地上课，下课，改作业，备课。夜幕初上的时候回到江薏的公寓，我们像一对结束了一天的工作的小夫妻，共进晚餐，相濡以沫，朝朝暮暮。

这样的夜晚，尤其是当我站在江薏的阳台上点燃我的烟时，我就会恍惚间觉得，我的生活本来就是如此的。

只要一个女人给了我一点家的感觉，我就会回报给她像满室橙色的灯光一样的、源源不断的眷恋。

错，错，错。我是这么嘲笑自己的。

黑暗中，这个我并不熟悉的女人用她修长的手指轻轻扫着我的胸膛。在我们俩都没办法很快入睡的时候，她总是喜欢用这种方式来引我跟她说话。

"那个时候我是郑鸿老师最铁的粉丝。"江薏轻轻地微笑着，"其实郑东霓也是。我很明白她的，她当初之所以发动大家来整郑鸿老师，是因为，郑鸿老师做出来那件丢人的事情，她很伤心。其实我现在想想，郑鸿老师和你一样，身上有种非常招女人喜欢的东西，只是那时候我们太小了，我们只知道郑鸿老师好有才华，却不懂得看男人。"

她柔软的手掌覆盖在了我胸口偏左的地方，她缠绵地说："我知道的，这一次，他们真的伤了你的心。"

我闭上眼睛，听着她呓语般的声音在黑夜里绵绵不绝。那是一种非常棒的感觉，几乎催人泪下。她慢慢地说："你的心太软了，所以你很容易就被划一刀，不过你可以放心，虽然容易受伤，可是它也禁得起摔打。像郑东霓就不一样，她的心很硬的，有时候我都奇怪我怎么会和一个心这么硬的人做了这么多年朋友。后来我才发现，就是因为她的心很硬，所以一摔就碎了。"

有种血液一样温暖的感觉流畅地在我身体里汹涌。我就是这样睡着的。闻着她枕头上那种女孩子的香气。然后我就梦见了我妈妈。我已经很多年都没有梦见她。在梦里，我已经是现在这个二十五岁的我，可是她还是那个时候的她，我们看上去不再像是母子了。她背对着我，在一个用得很旧的案板上擀饺子皮，满手都是面粉。她身上穿着她跳楼那天穿的红色的毛衣。我们一言不发，她专注于手上的工作，我专注于沉默。现实生活中我并不算是不善言辞的人，可是我不知道为什么，梦中的我什么都说不出口。

我想跟她说，你放心好了，你不必回来看我，这不算什么大事。虽然眼下这件事情真的让我很难熬，但是我还是会熬过去的。我早就习惯了一个人忍着，把很难熬的事情熬过去。

我想跟她说，我有什么资格放纵自己，不让自己熬过去呢，是你把我变成了一个丝毫不敢任性的人。

我想跟她说，有件事情我一直都想问你的，对你来说，一个只剩下你和我相依为命的世界，一种只有我们两个人相依为命的生活，真的那么可怕吗？

我想跟她说，你走吧，你知道吗，你这样来看我让我觉得我是在坐牢。我的确是在坐"生"的监狱，不是每个人都能像你一样越狱成功。但这并不是什么羞耻的事情。所以你回去吧，替我问候爸爸。

但是我什么都没说。因为她放下了擀面杖，看着我："去帮我拿香油好吗？"她说，"我在馅里面拌了很多香菇，是你最喜欢的。"

然后我就醒了，看见满室斑驳的阳光，看见江薏微笑着注视着我的漆黑的眼睛。我抓住她的手指，深深地亲吻着。我是那么感激她，感激她的温暖和缱绻带给我那个辛酸的梦。我突如其来的痴迷明显地让她意外了。然后我像个丈夫那样问她："今天晚上我想吃饺子。可以吗？"她有点为难，"你太看得起我了，我不会包……我们去买速冻的，或者，我们叫饺子店的外卖。"

我心满意足地说："好的。"

我是在晚上，送外卖的人刚走的时候接到郑东霓的电话的。她通知我可以回家了。小叔和陈嫣会在明天，也就是周六晚上请大家吃饭，准确地说，是喝他们的喜酒。我说那好啊。那个时候我说的是真心话，因为我心里被一种满满的、蒸汽般的感觉涨满了，我觉得我的内心就像潮汐一样，充满了一种由浩瀚宇宙支配着的，可以原谅别人，可以忘记背叛的力量。

挂上电话的时候，江薏小心翼翼地把醋碟子端了出来。扬起睫毛，对我嫣然一笑。

"我真的得谢谢你。"我说。

"郑西决，我爱你。"她庄重地说。

"江薏，"我看着她的眼睛，"嫁给我吧。"

她像是被雷劈了一样，脸色顿时变得灰白，肩膀剧烈地摇晃了一下。然后她站起身，默默地走到了阳台上。待了半晌，她点上一支烟，烟雾弥漫中她似乎是在借着抽烟的机会做深呼吸，一脸惊魂未定的神情。

我走到她的身后，抚摸着她的肩膀："对不起，我知道我说得太突然，吓着你了。"

她幽幽地说："我还以为你知道。"

"知道什么？"

"我有老公的。"她轻轻地一笑，"我老公现在在德国做一个项目，要明年夏天才能回来。"

良久，我也轻轻地一笑："你隐藏得真好。这个家里都没有什么男人的东西。连张合影也没有。"

她转过脸，看着我的眼睛："这个地方不是我和我老公的家。这是过去我和我爸爸的家。我爸爸前年去世以后，我就用这个地方来——"她嗫嚅着说，"来招待朋友。"

我点点头："我懂了。"

"西决。"她扑上来紧紧抓住我的手腕。我很轻松地挣脱了她。五分钟之后，我拎着我空空的旅行袋离开了，因为我把这十天里穿过的衣服全部丢进了垃圾桶，当然，除了我身上的那套。

第十章 新娘

不过我们谁也没有料到，在这个家里，无论如何也不肯接受这件事情的人，是郑南音。

她就像一只固执的松鼠那样，怀里紧紧抱着她的大兔子，缩在房间的一角，像是在誓死保卫她的树洞。我进家门的时候，正好就是这个镜头在迎接我。

其实这样也好，多少缓解了一点三叔三婶看到我时的尴尬。

郑南音的眼睛不正视任何人，炯炯地盯着落地窗的窗棂，一边撕扯着那只硕大的兔子的耳朵。

三叔非常果断地置身事外了，把电视机的音量自觉地调到扰邻的程度。

三婶非常无奈地看着她："你就别再跟着添乱了好不好？这件事情已经定下来了，妈妈心里也不痛快，可是我们能怎么样呢？"

她非常不屑地从鼻子里"哼"了一声，继续手里的破坏，似乎不把兔子耳朵拽下来誓不罢休。

"南音，"三婶有些落寞地笑了笑，"已经是大学生了，要懂事一点。

小叔他们,结婚证已经拿到了。明白吗南音,不管你愿意不愿意,陈嫣她已经嫁给你小叔了。"

"不要脸。"南音轻轻地嘟哝。

"那是你小叔!"三婶底气不足地抗议她。

"那个被他们害惨了的人是我哥哥!"南音抬起头,毫不畏惧地看着三婶。

三婶长长地叹了一口气:"我不勉强你明天去吃饭。明天晚上,你和哥哥看家。行不行?但是南音——"

"我不去,你们也不准去,我们大家都不去。"南音像是在练习造句一样,硬邦邦地说。

"那怎么可能呢?"三婶摸着她的脑袋,"你是这个家里的孩子,你可以不懂事;但是我不行。"

"什么叫懂事呢,妈妈?"她仰起了脸,"坏人把坏事做成功了,于是所有的人都不说话了。一个人站出来说他认为这不对,这个人就是不懂事的吗?"

"你还挺壮烈。"三婶被她逗笑了。

"兔子——"郑东霓也过来揉她的脑袋,试图加入游说的行列。

她像是被激怒了一样躲开了郑东霓的手。"姐姐,我一直都在想这整件事情里有什么不对劲。现在我终于想到了。"她重新开始执着地撕兔子耳朵,"我爸爸妈妈从来没有见过当初那个唐若琳,小叔就算发现了也不好拆穿,但是姐姐你呢?你是家里唯一一个可以发现,也可以告诉哥哥的人,但是你没这么做,你是故意的,对不对?"

"你在说什么呀小兔子?"郑东霓杏眼圆睁,"怎么可能呢?我当时确实觉得她有点像,可是这么多年没见,她确实变了很多,最重要的是连名字和年龄都换了呀。我的确没有往那个方面想!"

"就是，南音，"三婶柔声说，"不能怪姐姐，这种事情太少见了，没有往那个方面想也是正常的。"

"才怪。"南音扔掉了手里的兔子，"腾"地站了起来，直勾勾地盯着郑东霓，一鼓作气地说，"你骗得了别人骗不了我。我知道你是怎么想的，你早就看出来了她是谁，你故意不说，故意不告诉哥哥，因为你要等着看哥哥的好戏，你要等着看哥哥丢人出丑。你心理变态。你自己过得不好，你的爸爸妈妈对你不好，你就希望所有的人都过不好，你就是要想方设法地破坏别人！别以为那个时候我小，我就不知道你当初在小叔最倒霉的时候怎么落井下石。可是你这样对待自己的亲人算什么本事呢，就因为这些人不会记你的仇，更不会报复你。你一天到晚地嘲笑我的衣服土，嘲笑我不会打扮不懂得用化妆品，一天到晚地嘲笑哥哥的生活无聊没有出息，现在你又要这样，这么阴暗地等着看哥哥和陈嫣分手！我们都不反抗，你就为所欲为，你不觉得你自己太卑鄙了吗？"

"南音！"三婶吃惊地叫。然后客厅里，三叔不失时机地把电视机的音量又调高了。

郑东霓深深地看了南音一眼，默默地转过身，离开了她的房间，跟站在门口的我撞了个满怀。我扶住她的肩膀，对她说："小孩子的话，别在意。"

她勉强地笑笑："不会。"

三婶回过头来，眼神复杂地看着我。"三婶，你让我跟南音说，行吗？"

现在这间屋子里只剩下了我俩。

南音在我关上门的那一瞬间，像个小动物那样，悄无声息地接近我。然后小脑袋熟练地一钻，就把自己的脸庞塞到了我的胳肢窝下面。

这个姿势，正好方便我使劲地揉她的头发，好像它们是稻草。

"哥。"她的声音被我的衣服和手臂挡着，闷闷的，"哥你怎么那么好欺负呀。"

"你还记得不记得，南音，"我用力地捏一下她小小的耳朵，"你第一次听完小叔和……"我艰难地吐出那个名字，"小叔和唐若琳故事的时候，你还很感动的。因为你说你觉得他们俩是真的有爱情。"

"不记得。"她斩钉截铁地说。

"你记得。"我再一次捏她的耳朵，"就算你不喜欢陈嫣，就算小叔抢走了陈嫣让你很气，可是南音，你总不会忘了你们那个时候一起给小叔过的生日吧？你，你们大家像是粉丝团拉票那样，一点一点地帮小叔聚集在学校里的人气。你们四百多个人去给小叔的公开课捧场，那天校长和主任他们都吓了一大跳。这些都是假的么？还是你都忘记了？你现在这样，是在否定你自己做过的事情。"

她愤怒地盯着我，眼睛里泪光莹莹："我们当时那么做为的不是陈嫣，是小叔和他的唐若琳！唐若琳不应该是这样的，不应该是陈嫣这样的，陈嫣那么卑鄙、那么狠毒、那么奸诈，陈嫣怎么可能是唐若琳呢，怎么可能是那个甘愿为了喜欢的人吃很多很多苦的唐若琳呢，不可能的！"

"南音，"我凝视着她怒气冲冲的小脸，"唐若琳是个活生生的人，不是偶像剧里的女主角。你真的见过她吗？你说你喜欢她、你同情她，可是当真正的她出现在你眼前了，她和你们力挺的郑鸿老师终成眷属了——你这不是叶公好龙又是什么呢？"

"你滚，你滚，你滚！"她狂躁地捡起大兔子一下一下地打在我身上，眼泪流了一脸，"你傻不傻，你傻不傻啊！他们合起来欺负你，骗你，利用你，然后你还要替他们讲好话！我是在为你抱不平，可是你为什么要向着他们！你那么聪明，你懂得那么多道理，你怎么就不懂得人都是只会拣软柿子来捏呢？你怎么就不懂得从来都是会哭的孩子才有糖吃呢？"她折腾累了，像是泄了气一样，软绵绵地重新把她的小脑袋塞回到我的胳膊下面，"不公平，一点都不公平。"

南音终究没有出现在小叔的婚宴上。除了她，我们都去了。三叔有点不好意思地跟小叔说，南音不舒服，小叔遗憾地说："亏我还特意挑了一个星期六，觉得她能从学校回来呢。"但我们其实都看得出，小叔还是满意的。可能按照他原先的设想，不肯来的人恐怕更多。

陈嫣笑吟吟地站在一旁看着我们，然后她转过脸去，顿时没有一点笑容地对包厢的服务员说："可以上菜了。"

她穿了一条很精致的红裙子，化了妆，把头发全部盘起来。有那么一瞬间我觉得我根本不认识她。她已不再是那个曾经沉静地坐在我们家的客厅里，对每个人温暖微笑的女孩子，饭桌上她很主动地为大家找话题，非常礼貌地对每个人的意见表示尊重和谅解。谈笑间，她不动声色地向我们所有人表示了，她已名正言顺。

其实整顿饭吃得依然尴尬。我相信每个人都在盼着这顿饭能赶紧吃完。大家胡乱碰了一杯，说了些"白头到老"之类的话，就如释重负地开始动筷子。饭桌上只能听见三婶和陈嫣非常不自然地一来一往地话家常——只不过她们默契地不去称呼对方，其他人似乎只是专程来吃饭的。郑东霓的食量尤其得。唯一一个看上去神色自如的人就是小叔，他大概打定主意要糊涂到底。

陈嫣突然间正了正神色，把本来就挺直的脊背挺得更直了。她转过脸问服务生："我点菜的时候说过的，清蒸鳜鱼里不要放葱丝，我们家里有人不喜欢吃葱。可是你们还是放了那么多。"她说这句话的时候，看似不经意地，往我这边瞟了一眼。

那个小服务生非常茫然地不知所措,看上去像是新来的。

"你把刚才下单的那个人叫过来。"她不苟言笑,"你听不明白吗?刚才给我点菜的人是你,可是我知道不是你下的单。你不愿意叫他过来也行,把这份清蒸鳜鱼给我们换掉。反正刚刚上来,我们没有动过。"

小服务生满脸通红:"可是,可是这条鱼是您刚才选的,已经杀了——我做不了这个主。"

"那是你们的问题,不是我的。"陈嫣终于对她微笑了一下,"不然,直接叫你们经理来?"

"我不知道家里谁不喜欢吃葱。"郑东霓安慰地对小服务生一笑,"反正我喜欢。我是孕妇,我可管不了那么多,我要吃了。"说着她手里的筷子就把那条无辜的鳜鱼弄得七零八落。

小服务生松了一口气,站回到门边去,非常隐秘地对陈嫣翻了一个白眼。陈嫣的脖子依旧梗着,手里的汤匙似乎没有地方放,但是脸上依旧维持着刚才张弛有度的、刻意的笑容。

我在心里暗暗地叹了口气,我想:你呀。

三婶就在这个时候推搡着三叔站了起来:"我们俩应该敬新郎和新娘子一杯。"

小叔慌张地站起来,把他面前的汤匙带得"叮当"乱响,脸色窘成了猪肝:"不行,不行。"他简直语无伦次,"应该我们敬你们,怎么能让你们反过来敬我们。"嘴里反反复复的"你们"和"我们"几乎让他舌头打结了,他慌慌张张地端起自己的杯子,一饮而尽。三叔只好紧张地说:"你们俩,很不容易的。要好好过。我干了。"

我看着面前这个手足无措的新郎,和这个得体得太过分的新娘,突然之间,心里面某个很隐秘的地方,重重地颤抖了一下。

我站起来,斟满了我的杯子。

"我们还没有敬酒。"我对小叔笑笑,"她是孕妇……"我看了郑东霓一眼,"她的这杯我替了。"说着我一口气干了它,再倒上。

"下面这杯是我敬的。"我注视着陈嫣躲闪着的眼睛,"小叔,小婶。"

郑东霓的筷子"叮当"一声掉在了她自己的盘子里,酒灼烧地滑过我的喉咙的时候我知道她恶狠狠地剜了我一眼。

那一瞬间小叔和陈嫣像是同时被人点了穴。

我重新坐下的时候他俩还站在那里,我不知道他们是什么时候坐下的。我若无其事地跟郑东霓交流哪道菜比较好吃,故意不去看他们的座位。我心里暗暗地、有力地重复着:陈嫣,陈嫣,你已经费尽力气了,你已经做了一晚上的女主人了,你不能功亏一篑,你争气一点,你绝对、绝对不可以哭。

杯盘狼藉的时候,我们四个宾客像是刑满释放那样,迫不及待地离开,留下一对新人买单。三叔去停车场取车的时候,三婶站在酒楼外面的台阶上,对着深蓝的夜空,如释重负地长叹了一声。

郑东霓小声说:"三婶你看到没有,就为了一条鱼里面的葱丝,摆出来多大的谱。我就是看不惯这么小家子气的女人。"

"糟糕了!"三婶尖叫了一声,"我这是什么脑子! 我忘了最重要的事情。我没有把红包给他们。"

"我去给。"我简短地说。

当我折回到包厢外面的时候,他们俩还没有离开。站在门边上,我看到陈嫣正在把一条崭新的围巾塞进小叔的衣领。眼光轻触的那一瞬间,他们对彼此会心一笑。

小叔又变成了讲台上那个聪明的小叔,陈嫣又变成了那个我熟悉的、温暖的陈嫣。

小叔抓住她的手指，有些生硬地用力一握，他说："今天辛苦你了。"

陈嫣满足地笑着："你在说什么呀，郑老师。"

为了这句"郑老师"，我原谅你了，我终于可以完完全全、百分之百、如释重负地原谅你了。毕竟你已经做到了那么多在世人眼里看来毫不值得的事情。毕竟你毫不犹豫地守护了你少女时代不堪一击的英雄。无论如何我都得承认，你很勇敢，陈嫣，不，唐若琳。

2006年就是在小叔的婚礼之后，匆匆结束的。陈嫣简陋的婚宴上那套红艳艳的裙子，就算是为了迎接新年到来的、匆忙并且寒碜的鞭炮。

吃完小叔的喜酒之后不久，郑东霓就走了。虽然三婶狠狠地挽留了她一阵子。一直到她离开，她和郑南音都没有互相说过话。她依然隔三岔五地写信给我，寥寥数语，汇报全职孕妇生涯的心得。她说：不给你寄照片了，因为我在一日千里地发胖。我在每次回信的时候，都忘不了加上几句大伯最近的健康状况，虽然她从来没有问过我。

一如既往地，2007年就在一个寒冷的冬天里来临。我也一如既往地，在1月份最初的几天里，总是把需要写"2007"的地方写成"2006"，把"6"涂改成"7"可不是那么容易的一件事情，因此，大学生郑南音总是嘲笑我成了一个货真价实的老人家。

我跟南音说，大学里的第一个寒假，不要浪费，多和男生出去玩比较好。她不置可否。家里偶尔会有电话来找郑南音，每一次，三婶都很认真地悄悄问我，这会不会是南音的新男朋友。三婶的逻辑在我看来很奇怪，当她知道郑南音和苏远智最终的结局后，她居然比当初知道南音"早恋"了还要愤怒。

"他瞎了眼！"三婶咬牙切齿，"他居然不要我们南音。他有什么了不起的。还有什么女孩子能比我们南音好！混账东西，我们家还瞧不上他呢，王八蛋——"三婶发狠的样子无比可爱。想想看那是我第一次从三婶的嘴里听见"王八蛋"。正当我怀着万分期待的心情，等着她爆出更粗的粗口的时候，郑南音小姐无辜地出现在我们的视线内，若无其事地走向她自己的房间。于是三婶顿时收敛了神色，郑重其事地悄声说："别告诉南音我知道了，你懂吧，我们大家就当什么事情也没发生过。"不等我回答，她就像是自言自语一样地，无限神往地说，"我们家南音一定能找个更好的，你说对不对，你看，我们南音的条件——"

我没有告诉任何人，就在这个刚刚降临的寒冷的年初，我又看见了苏远智。

很偶然，是在一个书店里。隔着一排又一排的书架和浓得让人头晕的油墨香，我远远地看见他，和他身边那个女孩子——这个女孩子和南音同班，曾经，也是我的学生。她有一个非常特别的名字，关键是非常特别的姓氏，端木芳。

客观地说，苏远智瘦了一点，这大概是刚刚离开家独自到外地生活的痕迹。他的眼神看上去略微平和了些，总而言之，不再像过去那么讨人厌。目光看似无意地落到他身边左侧的地方，碰触到了端木芳的脸庞，然后，他似乎是不自觉地温暖地一笑。他这种表情可以说是沉醉于情网么？总之我知道，他已经把南音忘了。

现在我明白南音为什么会输了。那令我顿时觉得"经验"真是一个坏东西，它让一个人的生活少了很多新奇跟未知的乐趣。

不是因为端木芳是那种比南音温柔的女孩儿，也不是因为她看上去更低眉顺眼更恬静或者是更善解人意。这都不是最重要的。关键是，她是那种懂得控制局面的人，对事对人都能在朦胧中拿捏一种张弛有度的判断。可是我家南音不行。我家南音是个傻丫头，动辄勇往直前破罐破摔，以为她看上的男人都愿意陪着她上演莎翁剧情。再说得通俗一点，南音只知道拿出自己最珍惜最宝贵的东西拼命地塞给别人，她不懂得所谓对一个人好，是要用人家接受并且习惯的方式，她只会用她自己的方式对人好。所以越是用力，错得越离谱。所以端木芳可以赢得没有丝毫悬念。

这不是南音的错。但是那又怎么样，尤其是在这个成王败寇的世上。看看我们置身的这间书店吧：《营销策略》《沟通技巧》《如何成功地塑造你的个人形象》《告诉自己我做得到》……人们感兴趣的只是技巧和手段，没有一个人会因为他滚烫的体温而得到鼓励。除了那个写了一本《红楼梦》的名叫曹雪芹的疯老头儿，没有第二个评委会给"痴人"颁奖。所以，我暗自握了握拳头，所以世界上的男人们都会像苏远智那样，选择一个端木芳那般合适得体的伴侣，而放弃他们的生命中那个晚霞一样最美好最热烈的姑娘。

南音，其实能被你爱上，是他此生的荣耀。哥哥真的不是同情你才这么说。

就在这个时候，苏远智抬起脸看见了我。我承认，我是故意等在那里让他发现我的。在书店雪白的灯光下面认出一个人，那感觉像是当堂抓到一个作弊的学生。

"真没想到这么巧。"我虚伪地拿捏出一种"师长"式的惊喜腔调。

"郑老师。"他们俩都有一点窘迫，尤其是端木芳。

平心而论，端木芳其实比南音漂亮——要我承认这个当然有点困难，她曾经在班里也属于"四大美女"那个级别。眼睛很大，黑白分明，自有一种清澈的端庄。但是南音要比她生动得多，尤其是在南音开口说话的时候,很娇嫩的鲜艳就会不由自主地从她每一个表情里往外溢。更重要的是,我家南音看上去要比她从容。于是我暗暗微笑了一下,因为我能想象郑东霓对端木芳尖刻的评价,郑东霓一定会说:"老天爷,瞧瞧那副上不得台面的小气劲儿。"

我想他们俩都误会了我的微笑的含义。若是他们知道了我在笑什么,他们的神色就不会像现在这样渐渐缓和。尤其是苏远智,以一种如释重负的表情看着我,似乎带着感激。我装腔作势地问了问他们对大学生活是否满意以及能否习惯广州的生活,并且恰到好处地幽默一下——就像我常常在讲台上做的那样。一切进行得非常得体和顺利,就好像什么都未曾发生。

直到我走到了外面的街道上。

冬日的下午就是这样的。才不过四点多,已经是迟暮的天色。再过半个小时,路灯就该亮了。我就是在这满眼萧条的混沌中听见苏远智在身后叫我的。

"郑老师。"那个声音有点犹疑。

我回过头去。谢天谢地,他是一个人。端木芳不在他眼前。他走近我,最终像是下定了决心,他说:"郑老师,过几天,春节的时候,我们高中同学要聚会。您能来么?"

"当然。"我对他笑笑,不知为何我还是发了点善心,我说,"我会尽力把南音带去。不过我不敢保证,要是她不愿意来我也不能勉强她。"

"谢谢。"他勇敢地看着我的眼睛。于是我又主动加上了一句:"南音她现在很好。在理工大一切都挺顺利的。很多男生追她,我看她过得开心得很。你可以放心了。"

话音刚落我就暗自谴责自己犯贱,他还有什么资格"不放心"。

可是听完我这句话，他脸上有什么东西顿时融化了，他说："郑老师，其实我现在才知道，您是个特别好的老师，我说的是真心话。"

"太客气了，不敢当。"我语气讽刺。

他在渐渐袭来的暮色中间，对我挥手。挥了很多次。我回了一次头，发现他居然还在那儿，他一直在原地，我的突然回头并没有让他窘迫，他甚至没有在我回头的一瞬间转身离开——像是掩饰什么那样。我知道他眼里看的并不是我，他这样恋恋不舍地注视的，是他想象中的南音，是那个分别了半年却恍若隔世的南音，那个因为他受够了煎熬的南音，那个在他脑子里一定出落得更漂亮的南音，那个他至今没有勇气去面对的南音。

所谓缠绵，大抵就是这么回事了吧。

那天晚上我问南音，愿意不愿意跟我一起去他们的聚会。南音惊愕地瞪大了眼睛："你开什么玩笑，我当然要去。"

然后她停顿了一下，看着我欲言又止的脸，坚决地说："放心吧。"

南音的表现简直就是无可挑剔。那天她精心地打扮过了，她的笑声还像过去那么清澈，任何人听了都会觉得这样笑的人一定是由衷地开心。谁过来敬她酒，她都高高兴兴地喝，那架势让我都差点以为这个丫头真的千杯不醉。就连大家一起要以端木芳和苏远智为代表的"班对"们当众表演亲密镜头的时候，她都跟着大家鼓掌和起哄。散场的时候她和每个人拥抱告别，一副宾主尽欢的场面。

我当然没有忽略，乱哄哄的人群里有一双偶尔会静静地往她身上瞟的眼睛。

我们从饭店出来，在拐角处和大队人马告别以后，就在往地下停车场去的路上，看见了苏远智和端木芳。

"郑南音。"端木芳微笑的嘴角有一点僵硬。苏远智的表情更惨不忍睹。

"小芳！"郑南音开心地喊出同学时候大家对她的昵称，然后把她甜蜜的小脸微微地转了一下，"苏远智，好久不见！"

苏远智像是被蜜蜂蜇了一下，有点惊魂未定地笑了笑。

我沉默地站在一旁，看着我家南音热情洋溢地跟老同学叙旧。场面甚为精彩。我真的没看出来南音这么有潜力。

终于，南音意犹未尽地说："我们回头 MSN 上见。"

回家的一路上她都是沉默的。她无意识地攥着绑在她身上的安全带，眼神很空茫地注视着阳光灿烂的大街。

我任由她安静。一句话也不问。

最终她还是说话了，她把脸转向我，有点犹疑地说："哥，其实我今天是真的挺开心的。"然后她无力地一笑。

"我知道。"我淡淡地说。

她深深地凝视着我："我什么都丢了，所以我无论如何，也不可以再丢脸，你说对么？"

我什么都没说。因为我不忍心回答这种问题。

我只能从方向盘上腾出来一只手，揉揉她的头发。

然后我发现，她把身子歪成一个奇怪的角度，似乎马上就要睡着了。她揉着眼睛嘟哝："真是的。昨天晚上怎么都睡不着，一直到凌晨五点都不觉得困，可是现在突然就困了。哥，我好累。"

话音未落，她就睡着了。就像刚刚打完一场仗，或者考完一场大考。

第十一章 有人问我你究竟是哪里好

然后,春天来了。

龙城最柔软的春天总是伴随着肆意的沙尘暴。也只有沙尘暴的瞬间才能够提醒我,我们的龙城其实是位于一个荒凉得无边无际的高原的腹部。若是没有了这些狂暴的风沙,就会不知不觉地把高速公路延伸的地方当成天尽头。

某个窗外风沙呼啸的午后,高三的区老师在我们大家的眼前,直挺挺地栽倒在办公室冰冷的地板上。头"咚"的一声撞在我的办公桌腿上。大家手忙脚乱地打电话的时候,我听见了来自窗外的,那种代表着神灵愤怒的呼啸声。我仿佛觉得,只要我在这个时候把窗子打开,漫天的黄沙就会像瘟疫一样席卷而来,冲进这个虚伪的房间,一秒钟之内掩埋这个躺在地上的人,堆起一个荒凉的冢。

于是我突然间有种预感,区老师怕是不会再醒来。结果,我对了。

跟着我就临危受命,接下区老师的班级,陪着他们走完这毕业前最后的三个月。

每一天,我几乎要待在学校里十个小时以上。不过即使是这样,我也没有什么机会和小叔单独相处了。现在他只要不上课，就会待在家里，陈嫣以及他和陈嫣的家占据了他所有的私人时间。事实上，不仅是我，连三叔三婶也一样。三婶常常像往常那样，打电话给小叔要他们过来吃饭，可是他们很少赴约。某个周末倒是两个人一起来过一回，但是紧接着的第二天，陈嫣就给三婶送来了满满一罐她煲的汤，还有几盒看上去像是江南口味的小菜。"这是什么意思？"三婶不满地皱着眉头抱怨，"是把昨天吃过的那份还回来，还是告诉我你小叔现在不用我们来照顾了？""你们这些女人老是要把别人往坏处想。"三叔的表情异常天真和无辜。

很自然地，小叔和我们疏远了。尤其是在某天，陈嫣欢天喜地地通知大家她怀孕了之后。

某个 5 月的傍晚，我在校园的林荫路上看到了他们。陈嫣挽着小叔的胳膊，他们悠闲地散步。小叔的脸又悲哀地胖了一圈，但是他看上去前所未有地得意。迎面，蹒跚地走过来了一个须发皆白的老人。我认出了他，他是很多年前的教导主任。那个时候，听说他曾经在办公室里耀武扬威地拍桌子，说要严肃处理那个名叫唐若琳的女生。其实有很多老师求过情，说看在她已经高三的分儿上无论如何让她毕业，但是有的人就是如此，手中哪怕就握着一点点权力，也不舍得不用。

这个老人就这样猝不及防地和小叔他们狭路相逢。

"王主任您好。"小叔一如既往地腼腆一笑，"这位是……我前不久结婚了。"他看上去依然羞涩得可爱。

老人愣了一下，几乎要踉跄着倒退几步，他盯着陈嫣的脸，难以置信地说："你是——"

陈嫣从容不迫地微笑着，点头说："我是。"

老去的终究已经老去，可是不能说是陈嫣赢了，是时间赢了。适可而止吧陈嫣，你那么迫不及待地，想要证明什么呢？

　　春夏交接的夜空弥漫着芬芳单纯的欲念。我对着敞开的窗子深呼吸了一下，接着拿起手机，不看内容，直接删掉了江薏的短信——删掉她的短信已经变成我几个月来常常要做的事情。然后我开始认真地策划着，等这班学生们考完，我说什么也要去旅行一次。走得远一点，要是南音那个家伙表现好的话，可以考虑带上她。

　　但是我的旅行终究没能实现。因为就在我满怀希望地设想的时候，大洋彼岸，郑东霓生下了她的婴儿。

　　是个小男孩。只不过，患有21-三体综合征，就是我们常说的先天愚型，是染色体结构畸变导致的疾病，出生时最常见的严重缺陷病之一。临床表现为：患者面容特殊，两外眼角上翘，鼻梁扁平，舌头常往外伸出，肌无力及通贯手。患者绝大多数为严重智力障碍并伴有多种脏器的异常，如先天性心脏病、白血病、消化道畸形等。本病发生几乎波及世界各地，很少有人种差异。——科学是这么告诉我们的。

　　我打电话给郑东霓的时候，她惨然一笑，她说："你该不会是要看他的照片吧。"

　　回忆那个夏天里全家人的愁云惨雾并不是什么有趣的事情，所以我大概是刻意地遗忘了。只记得那两三个月中，我们家每个月的电话费都是一个庞大的数字。三叔抱着电话来来回回都是重复那一句话："回家吧。"三婶急了，嫌三叔除了这句话什么都不会说，于是把电话抢过来，红着眼圈说："你回家吧。"然后重复很多次——多加了一个"你"字，不算什么了不得的进步。

　　还有一个细节：在婴儿出生一周之后，郑东霓的老公跟她提出了离婚。

郑东霓是在 2007 年的 8 月底，带着婴儿回到龙城的。那时候婴儿刚刚过完百天。

那个孩子长了一张奇异的脸。额头很宽，两只漆黑的小眼睛隔得很远，一看就知道不是正常人的眼睛间距，倒像只安静的小鼹鼠。鼻头是圆的，小小的，粉红的舌尖喜欢伸在外面。闲得无聊的时候就像所有健康的小孩那样啃一会儿自己的小拳头。眼睛不知道望着什么地方，但是我相信他一定是看见了什么我看不见的东西。

第一眼看到这个像是从卡通片里走下来的小人，我就爱他。

"要抱抱他吗？"郑东霓戴着一副硕大的 PRADA 太阳镜，疲倦地对我微笑。

我摇头："还是算了，我不会抱。我怕我一不小心就捏碎他。"

"小家伙，小家伙。"我的手指在他眼前晃来晃去，"我是舅舅，你舅舅……"然后我抬起头问郑东霓，"他有名字吗？"

郑东霓短促地笑了一下，自从这个小孩出生以后，她经常这样笑，听上去像是有一口很乖戾的气冲口而出，脸上的神情也复杂得很："他姓郑，郑成功。"

"多好的名字，郑成功，你说对不对？"我开心地问婴儿，他像是配合我一样，气定神闲地伸出他的小舌头，表示同意。

"多聪明的孩子呀！"我笑得前仰后合，然后突然意识到我说错话了，于是有点尴尬地说，"上车吧，三婶的电话一会儿就要追来了。"

"三婶已经忙了一个礼拜。"我告诉她，"我们去买了一张婴儿床，南音的房间从现在起就是你们俩的。你待会儿就会看见，客厅里多了一张沙发床，那就是南音周末回家睡觉的地方了。三婶还专门添了一个新的柜子给郑成功专用，里面全是他的尿片和奶瓶，南音那个傻丫头还去买了很多的玩具……总之你放心，我们都安排好了。"

她一言不发地把目光掉转到窗外，摘下了太阳镜，摇下一点车窗，8月末的风悄无声息地长驱直入，她的头发飘起来了。她慢慢地说："西决，先送我回家行吗？"

"你说什么废话，你以为我们去哪儿。"

"我是说，"她看了我一眼，"回我自己的家。"

"何必？"我闷闷地说。

"我求你。"她没有表情。

我只好往另一个方向开。那条路和通往三叔家的不同，沿途全是龙城旧日的风景和拆得乱七八糟的工地。曾经的龙城原本就是一个大工厂，郑东霓的家就在那片烟囱的树林后面。树林里住着很多像我大伯那样的人，他们终日在黑漆漆的厂房里作业，就像是在山洞里熔化太阳。日出而作，日落而息，烟囱的树林里还关着很多看似狂暴其实温顺的野兽，名叫机器，终日发出或者沉闷或者尖锐的轰鸣。

郑东霓就是一个从这片烟囱的原始森林里走出来，走到了天边的人。

她把郑成功生硬地往我怀里一塞，自己走进了破旧的单元门。

黄昏的工厂宿舍区，永远是一片死寂。就像是原始森林的祭祀刚刚结束，所有的机器野兽都安然睡去。我有些犹豫地把郑成功举起来，他正在表情严肃地欣赏远处林立的巨大的烟囱。我不知道我是该带着郑成功等在这里，还是跟着郑东霓进去。我不想让郑成功看到那种母女二人脏话连篇的对骂场面。

"喂，郑成功，烟囱很好看，对不对？"我问他。他不置可否。

"你是这儿的人，郑成功，这儿是你的家。那些烟囱你都应该认识，因为它们是我们龙城的界碑。"我突然觉得这种话对于他来说或者过于深奥了，有点不好意思，"郑成功，"我好不容易才腾出一只手，拍拍他的脸蛋,"你知道为什么有的烟囱往外冒黑烟,有的烟囱往外冒白烟吗?"我笑了,"因为冒白烟的那些烟囱是在制造云。对了,你看见的天上的那些云,都是这些烟囱把它们送上去的。"

然后我突然想起来很多年前的某个下午,大伯抱着很小的郑南音,指着远处的烟囱,对她说:"南南你知道吗,天上的那些白云就是这里的烟囱送上去的。"那天大伯的心情正好不错,一定没有喝酒。"真的呀——"小小的郑南音崇拜地欢呼着。"当然了。"大伯对她挤了挤眼睛。大伯那个时候还年轻,他是个健壮的、很好看的男人。

还是上楼去吧,我突然之间,有些想念大伯。

大伯无力地坐在他的轮椅里面,圆圆的头颅有些倾斜,脸上依旧没有表情,似乎就在他身旁发生的争吵一点都不能影响他。

"你走吧。"大妈依然是那么淡淡地对郑东霓说,一边低着头,搅和着面前那杯藕粉,"我这里太乱了。要天天照顾你爸爸,我实在没有时间再帮你带一个三个月大的小孩。"

"你要我走到什么地方去?"郑东霓咬了咬嘴唇,"你还不明白吗?我马上就要离婚了。我不会再到美国去了。下一步怎么走我都不知道。你要是需要钱我给你——"

"你的钱你自己留着吧。我一分都不要。"大妈讽刺地冷笑,"你赚钱也不容易。"

郑东霓漆黑地看着她,沉默地看了好几秒钟。

"我们走吧。"我走过去想把她拉起来,"走吧。"

这个时候大妈悠闲地补充了一句:"反正你有钱,你去雇个保姆来看这个孩子就好了。何必一定要跟我们挤在这个又小又破的地方呢?"

郑东霓一把从我手里把小孩抢走,拎着他的衣领就像是拎着一个破旧的口袋。她就这样拎着婴儿,把他凑到大妈的脸前面,一边摇晃着一边喊："你看看他，你好好看看他！他眼睛看上去像个牲口，舌头总是吐在外面，他是个白痴，他长大了以后也是个白痴，他永远没有生育能力，他活不长的，你给我睁大眼睛好好看清楚！这就是从我身上掉下来的肉，这就是你的亲外孙，你们让我受了多少罪，现在你们全都得还在我儿子身上！你现在想撒手不理他，你做梦！"她一口气喊出这些话，脸涨得通红，乱乱的发丝拂在脸上，全然不管郑成功尖锐的哭声。

"那是你自己造的孽，你怨得着别人吗？"大妈平静地问。

我把郑成功从郑东霓手里抢了下来，轻轻拍了拍他的背。看着他的小眼睛里含着的很清澈的泪水，我就决定了，我得把他从这个地方带走。我不管郑东霓还要耗到什么时候，就算大妈同意，我也不会放心让他留在这儿的。

于是我抱着郑成功蹲在大伯的轮椅前面："大伯，这是郑成功，郑东霓的孩子，你的外孙。现在我们走了，过两天，我再带着他来看你。"

大伯喉咙里发出一种奇怪的、喑哑的声音，类似呜咽。我看到他用力地想要抬起他的右手，他粗糙的手指现在呈现着一种奇异的轻盈，就像是粉蝶的翅膀那样，轻轻地扇着，却不能挪动。我看懂了他的意思，于是我抓起郑成功粉嫩的小手，让他去碰触那些轮椅扶手上面的苍老无力的手指。

当他用这只手漂亮地把那个情敌打翻在地的时候，他应该没有想到吧，那就是他一生里最精彩的一瞬间。

在我们身边，争吵还在继续，不过那似乎都和我们无关了。

"我自己造的孽？"郑东霓咬牙切齿，"我自己造的孽？妈的你还要不要脸？鬼才知道这种病是从谁那里来的。说不定就是你干的好事，说不定就是你卖的那个男人身上带着的基因呢。我还没说什么，你他妈还有脸来说是谁造的孽——

"怎么,不说话了?"郑东霓继续逼近大妈,"反驳我呀,骂我胡说八道满嘴喷粪呀,你要是真的底气那么足你就让我去做亲子鉴定啊。怕了吧。对了,我想起了一件事情,你不会不记得这个房子的房东其实是我吧? 当初是我拿钱替你们把它从公家手里买下来的。什么时候轮到你来赶我和我的孩子走? 明天我就把它卖掉,明天我就找人来看房子,谁愿意买我给他打折,到时候你就和这个男人一起烂死在大街上吧,到时候你就……"

大妈毫不犹豫地把手里那杯藕粉泼到了郑东霓的身上。

郑东霓尖叫了一声,往旁边躲闪,就在这个时候她的裙子勾到了大伯轮椅的一角。我眼前的大伯变成了一个面无表情的不倒翁,慢慢地往一侧倾斜着,倾斜着,脸上神色却没有任何变化。有一滴很混浊的液体挂在他混浊的眼角,然后他就闭上了眼睛,似乎在等待自己像张被踹倒的桌子那样倒下来,砸在地板上"轰隆"一声。

我伸出左手抓住了他的轮椅。

"爸爸,爸爸——"郑东霓惊呼着,鬓角上挂着一丝藕粉,她也匆忙地伸出手扶住了那个倾斜的轮椅。大伯于是就维持着那个往一边倒的姿势,像是处于失重状态下的宇航员,他睁开眼睛,喉咙里重新发出我们都不懂的声音。我这个时候才看见,因为这个倾斜,他把郑成功花蕾一般的小手牢牢地抓在了自己的手心里。

他是想要抓住一样东西支撑住自己吗? 可惜他选择了一样最不可能的。

突然之间,郑成功笑了。他粉红色的小舌头在这个笑颜里若隐若现。

那是我第一次看见他的笑。在那之前我还以为他不会笑。他安心地把自己那只小手交给面前这个初次见面的、肥胖的、没有表情的、寂寞的不倒翁,并且毫无保留地给了他一个灿烂的笑容。

大妈颓然地坐在屋子的一角,颤抖的手里还握着那个空空如也的玻璃杯。

我们重新回到了夜幕开始降临的街道上,在清凉的 8 月的晚风里,我慢慢地开着车,郑东霓没有表情地陷落在副驾驶座里,郑成功似乎已经昏昏欲睡。

"为什么你总是看见我最丢脸的时候?"她像是自言自语。

"因为你从来不怕在我面前丢脸。"我回答。

她无力地把头放在座椅靠背上,似乎完全不在乎郑成功在她双臂里摇摇晃晃。我又听见了她那种短促得可以说是仓皇的笑声。

"谁说不是呢?"她自嘲地说,"也只有在你面前我才什么都不怕。"她腾出一只手,把车窗摇下去,"你身上有打火机吗?"她问我。

"你休想。"我简短地说,"差不多点好不好。你现在和以前不一样了。你儿子才三个月,你——"

"好了!"她不高兴地挥挥手,"怎么那么啰唆。"然后她就陷入了沉寂。

最后还是我先打破了沉默。我说:"你有什么打算?"

"我不知道。"她长叹了一声,叹气的声音让我很奇妙地感觉出,她在那副硕大的太阳镜后面闭上了眼睛,"我什么都不知道。可是我知道这次和以往不同,我不是来借住几天的,我是真的要回家了,恐怕我需要很长一段时间来打算以后的日子。我还以为在我倒了这么大的霉以后,我妈她会愿意帮我一把。"她疲倦地托住了脑袋,"可是你都看见了。"

"像你那样闹,有什么意思? 就算大妈同意,我看三婶都不会放心你把郑成功放在她那里。"

她又一次嘲弄地笑了:"拜托你郑西决,我可没有你那么厚的脸皮,在别人家里一赖就赖上那么多年。就算我自己不在乎,我怎么可能让这样一个孩子拖累大家呢?"听见她重新开始骂我,我反倒觉得正常的郑东霓总算是回来了。

"你相信我,没有任何一个人会嫌弃这个小家伙。自从郑成功生下来,三叔三婶每天都在为你回家来做准备。他们甚至已经在讨论送郑成功上特殊学校的事情。没有谁把他当成是个负担。是你自己想太多了。"我说。

她静静地回答我:"我受不了别人对我好。你知道的。"然后她微微一笑,把郑成功抱得更紧,"不过呢,"她深呼吸了一下,"你不知道,每次我和我妈对骂完了以后,我就稍微放心一点,因为看得出她精神其实还不错。哈哈。"

"变态家庭。"我也嘲笑她。

就在这个时候,我突然看到,郑成功小小的罩衫不小心卷了上去,露出来的那一截白嫩的脊背上,有三个青紫色,非常像指痕的印记。

"他打孩子吗?"我觉得背上的汗毛在一秒钟之内竖了起来。

"是胎记。"郑东霓淡淡地说,"我现在做梦都想着赶紧签字,我一看见他就反胃。"接着她像是想起来什么似的问我,"你有没有外币账户?"

"没有。"

"这两天去中国银行开一个吧。有件事我想让你帮我一个忙。"

这个时候,江薏的短信又来了。"你帮我删掉。"我说。

她诡秘地笑:"干吗架子那么大? 人家是真的挺喜欢你的。"

我懒得理她。

"这两天她找你是真的有事情。"郑东霓出神地看着窗外,"我转了一笔钱暂时放在她那里,她找你就是因为想要赶快把这笔钱给你。你先帮我收着，等过段时间我再来拿走。"

"你那么相信她？"我诧异。

"她或者不是个好女人，"她慢慢地说，"可是她是个最够义气的朋友。"

"是吗？"我冷笑，"这么好的朋友，你会不知道她已经结了婚？"

她沉默不语，只是呆呆地看着怀里的郑成功。

全家人都在等着我们，三叔，三婶，南音，小叔，陈嫣，以及一桌子五颜六色的菜。

尽管每个人都自认为自己做好了充分的心理准备，可是看到郑成功那张小鼹鼠一样很卡通的脸时，他们还是不约而同地愣了一下。是郑南音的欢呼打破短暂的沉默的："好可爱呀，小外星人！"

"赶紧让我抱抱小宝贝啊东霓！"三婶非常熟练地把郑成功接了过来，然后嗔怪地看了郑东霓一眼，"这么热的天气，尿不湿干吗缠那么紧呢。"

"还有我，我也要抱小宝贝！"郑南音抱着婴儿的样子令我吃了一惊，因为她的动作看上去自然而然水到渠成，一点都不像我第一次抱他的时候那么紧张。

"小宝贝你好——"南音痴痴地看着他，似乎要看到他幼小的骨头里去，"刚来我们地球不久，一切都习惯的吧？你们火星和我们这儿不一样，我知道的……"她的想象力开始泛滥了。郑成功小朋友像是意识到了自己正在享受钻石级别的VIP待遇，非常受用地啃着他的小拳头。

"姐姐——"郑南音抬起头，撒娇地看着郑东霓，"你已经生过孩子了，为什么你的身材还是那么火辣，不公平呢。"

那边三叔和小叔争执了起来，在郑成功该怎么称呼他们这个问题上,产生了分歧。

"我们是他外公的弟弟——"三叔有些为难,"该怎么叫? 我觉得他应该叫我三外公,这比较合理。"

"那我岂不是成了'小外公'? 我怎么觉得那么难听呢?"小叔不服气。

"那你说该叫什么?"三叔挑着眉毛,"你来想,你不是有学问吗?"

"反正就是不能叫'小外公',叫'四外公'还差不多。"小叔嘟哝着,"开什么玩笑,我才四十岁,怎么已经有人叫我外公了……"

"明天我要去普云寺烧香。"陈嫣微笑着抚摸自己的肚子,自从我们家郑北北在她的身体里安营扎寨之后,这就变成了她的习惯动作,"我要去求平安符,顺便也帮郑成功求个护身符好了。"

"没错没错。"三婶一边帮郑成功换尿片,一边赞同,"别忘了陈嫣,男戴观音女戴佛。还有还有,不要金属的链子,小宝贝的皮肤太嫩了,金属链子受不了的,要丝线……"

郑东霓站在客厅的中央,怔怔地看着这满眼的喧嚣。似乎她成了一个局外人。那个名叫郑成功的病孩子像块磁铁,牢牢地吸着每个人灵魂深处最柔软的部分,就这样在不知不觉中,所有的人都为了他而忙碌。他在来到这个世界100天之后,终于享受到了迟来的欢迎。当然,还不算太晚。

我悄悄地走到她的身后,暗暗地拍了拍她的肩。那意思是:你看,我早就告诉你了。

她深深地看了我一眼,我看得出,她整个人在慢慢融化,从她少女时代起我就已经非常习惯的冰雕神色正在退场。我是在那个时候突然想起,她已经从一个嚣张绚丽的女人,变成了一个残缺不全的母亲。

只不过,她还是一如既往地尖刻。

夜晚陈嬷和小叔双双告辞，小叔笑着对郑成功张开了手臂："让我抱抱你，小家伙，再见了。"郑成功在小叔怀里非常合作地伸着他的小舌头，表情悠闲得很。小叔对陈嬷示意："你也来抱抱他，我们要走了。"陈嬷笑着说："我就算了，我手上提着塑料袋。郑成功小朋友……"她对郑成功挥了挥她手中的一袋子水果，"再见。"

小叔的表情顿时焦急了："不是跟你说过你什么东西都不要拿么？你就是不听话。"

"你真啰唆！"陈嬷甜蜜地笑了，"这也能算是重东西么，十几个苹果而已。"她再次冲着郑成功那张鼹鼠脸摇摇手，"乖孩子，跟我再见，好不好？"

郑东霓的脸就是在那个时候冷下来的。她从小叔手上抱回郑成功，冷冷地说："陈嬷，抱他一下，不会影响你的胎教。"

"东霓我不是这个意思。"陈嬷急切地对她的背影说。只可惜她已经进了房间里面，并且重重地关上了门。

我对陈嬷抱歉地笑笑："没事的。你又不是不知道她就是这样的。"然后突然间觉得我现在大概不适合跟陈嬷这么说话，尴尬的气氛顿时弥漫了上来。这个时候还是郑南音那个家伙帮了我的忙，她在屋里尖厉地命令我帮她把她的电脑搬到客厅里去。于是我得以成功脱身。终于听见了背后传来的、小叔他们离去的那声门响。如何跟陈嬷正常地相处，的确还需要学习。

深夜终于来临，万籁俱寂，不过在这个家里，很可能无人入睡。——除了郑南音。

我躺在床上无聊地摆弄着我的手机，终于打开了江薏的短信。也许是这个如水的、凉爽的夜晚让我淡忘了一些关于她的事情，然后我就看到了她的开场白:"我知道你不想再看见我,你也不肯再接我的电话,所以有些事情,我只能这么告诉你。是关于东霓的,很重要,我很担心……"

我翻身坐了起来,三步并作两步地闯进了郑东霓的房间。

但是我突然间迟疑了。因为我听见,她在唱歌。在为郑成功唱催眠曲。我已经太久没有听见她唱歌了。

郑成功安然地躺在那里,看看左边,再看看右边,最后专注地看着挂在他床头的彩色风铃,心满意足地啃了一会儿拳头。催眠曲似乎并没有什么作用。郑东霓似乎是在唱给自己听。

她还是在唱王菲的歌。一首非常老的歌。她的声音很低,可是一如既往地清澈。

> 我从来不曾抗拒你的魅力
>
> 虽然你从来不曾对我着迷
>
> 我总是微笑地看着你
>
> 我的情意总是轻易就洋溢眼底
>
> 我曾想过在寂寞的夜里
>
> 你终于在意在我的房间里
>
> 你闭上眼睛亲吻了我
>
> 不说一句紧紧抱我在你怀里
>
> 我是爱你的 我爱你到底
>
> 生平第一次我放下矜持
>
> 任凭自己幻想一切关于我和你
>
> 你是爱我的 你爱我到底
>
> 生平第一次我放下矜持
>
> 相信自己真的可以深深去爱你

深深去爱你[①]

她静静地转过身子看着我,像是谢幕的演员一样优雅地转身,背上的长发在空气里画出了一个美妙的弧度,对我嫣然一笑。

"江薏说,你要她帮忙保管一点钱,她就答应了。可是她也没有想到,你给她汇了30万美金,你是不是有什么事情瞒着我们?"我压低了声音问她。

她不慌不忙地竖起了食指放在唇边:"先关上门,好吗?"

她打开落地窗,迎着长驱直入的凉风,点上一支烟,按下打火机的时候她漠然地瞥了摇篮一眼,然后说:"这笔钱是他的,准确点说,是他给我的。那个孬种,为了顺利地让我带着孩子回中国,他才告诉我他有这么一笔钱,不然我还一直蒙在鼓里呢。"她淡淡地一笑。

"他在旧金山有个亲戚,是他爷爷的兄弟,土生土长的华侨,三年前去世的时候,遗产也有他的份——留给他一块地。这块地是被律师公证过的婚前财产,若不是非常特殊的情况,就算离婚我也没有权利跟他分。孩子出生了,他要离婚,他想要让这个孩子跟着我,你知道的,他有绿卡,有正当的研究室的职位,有稳定的收入和很好的信用记录,我呢,我没有工作,刚刚到美国没几天,若是真的上法庭,法官很有可能把孩子的监护权判给他。所以他就怕了,他跟我坦白说,他手里有这么一块地,一直都没有告诉我。现在他愿意把这块地卖掉然后分一半钱给我,让我同意离婚和抚养孩子。"烟雾中,她狠狠地把烟蒂按成一个乱七八糟的形状,"但是,我不是那么好打发的,没那么便宜。"

"那你打算怎么样?"我还是茫然。

[①] 《矜持》:许常德作词,郭子作曲,王菲主唱。

"我已经去找律师了,我还要告。他不要这个孩子就想扔给我,我就给他扔回去。我不信我赢不了他,法官不是白痴,一定会把孩子判给他的。"她咬了一下惨白的嘴唇。

"你是说,你根本就不想要他?"我难以置信地问。听她说这些话的时候我不敢去看摇篮里那张幼小的脸庞,我觉得我的一颗心在往下沉,往下坠。婴儿的眼睛洞悉一切,我无颜以对。

"我当时假装同意了。"她把她蓬松的长发拂在一侧,慵懒地说,"我就跟他说反正我快要回家去了,就把这笔钱直接打到国内的账上,但是我在国内没有外币账户,而且所有的亲友里,只有江荙一个人有外币账户,所以我让他先把这笔钱直接打给江荙。但是他不会想到的,这就是我留给他的一招。若是上法庭,他的律师一定会提出来,他已经支付了我30万美金作孩子的抚养费用,我会告诉法官我根本没收到这笔钱,银行的记录可以显示,这笔钱在一个名叫江荙的中国女人账上,谁又能证明我和江荙是什么关系呢?反过来,我倒是可以证明,他和江荙的关系暧昧。"她重新诡秘地一笑,"我从来没有告诉过你——其实当初介绍我们认识的人,正是江荙。他是江荙大学时候的学长,他们俩曾经在他出国之前谈过恋爱——我还有他们在一起时候的照片。法官没可能千里迢迢从中国传江荙过来做证的,谁又能证明他们两个没有旧情复燃?"

"郑东霓,"我拍了拍快要爆炸的头,"你疯了。"

她不置可否地微笑。

"在法庭上撒谎是要坐牢的你懂不懂?"我压低了嗓门,声音全部从牙缝里出来,"你根本不想要郑成功,但是你想要这笔钱,你就是这个意思,对不对?"

"你总算明白了。我就是要赌这一把,我要这个男人永远记住我郑东霓是谁。"她美丽的眼睛里有火焰在慢慢燃烧。

"我该说你精明还是说你蠢到了家?"我悲哀地问她,"你这样,你这样……"我听见了,她眼里的火焰成功地引爆了我的心脏,让它滚烫到火花飞溅,"他是你的孩子,你怎么能这样对待他? 这样多不公平?"

"既然他的爸爸都可以这样对待他,我又为什么不可以?"她深深地凝视着我。

"你是不是疯了,你怎么可以这么说?"我停顿了一下,咬牙切齿,"郑成功他就是你这辈子必须还的债,没有道理可讲,也不能讨价还价。别问我为什么,我只知道,如果你现在丢下他,总有一天你自己就会来惩罚你自己,因为,姐——"这么多年我第一次这样叫她,"你并没有你自己想的那么坏。"

"是吗?"她看着我,语气里突然涌上来一种很深的悲怆,"你好像懂得很多道理啊。那今天下午,你为什么不把刚才那些话讲给我妈听?"

我无言以对。就在这沉默的几秒钟,她的手突然伸进摇篮里慢慢地摸着郑成功的脸,小家伙不知道什么时候已经睡了,她的眼泪大颗大颗地落在郑成功娇嫩的脸颊上,就像是下雨。"你看,"她说话的声音轻得像是耳语,"即使他不正常,他有病,他闭着眼睛一动不动的样子也这么乖,这么好看。"她的手十指尖尖,就像一朵昙花那样一瞬间怒放,她的指头伸到了婴儿的咽喉,她说话的声音就像在梦境中,"乖宝贝,你和妈妈一起死,好不好,妈妈不想活了,活着太苦了,你也会活得比什么人都苦,跟着妈妈走吧……"

我不费吹灰之力地把她拎起来,然后推搡着把她推到阳台上,关上了落地窗。我用力抓着她的肩膀就像抓着一件外套,我咬牙切齿地在她耳边说:"不准叫,听到没有,不准叫。你要是吵醒家里的人,我就把你从这儿扔下去你信不信?"

她抱紧我，滚烫的脸深深地嵌进我胸前的肉里，浑身都在抖，抖得要散架了，像是雪崩。一双手就在我脊背上又是抓又是掐又是打，用尽了所有的力气，发泄完了所有的深仇大恨。我一动不动，随便她。我又何尝不知道那是什么滋味，那种整个人被仇恨或者痛苦变成了一颗燃烧着的炸弹的感觉，在爆发的那一瞬间才知道，原来那个巨大的、推着人发疯的力量不是滚烫的，是冰冷的；不是仇恨或者痛苦，是命运。

但是已经来不及了。

她浑身瘫软地缠着我，无声地哭。我捧起她的脸，那么一点点力道就好像能够支撑她站稳。月光如水，我就借着这如水的月光，深深地看着她。我从来都不曾这么放心大胆、这么无遮无拦地好好看看她。

"西决，"她呜咽着叫我，"我怕。我怕得要命。"

我说："我知道。"

"护士把他抱给我看的时候，我真的怕死了。"她泪如雨下。

"我知道。我都知道。"我肯定地回答她。

"你不知道。"她在我的胸口上猛烈地摇头，"我早就知道他不正常。我早就知道了。我怀他七个月的时候，去做产前检查的时候医生就查出来了他的毛病。我不敢告诉你们，我谁都不敢说，我怕死了，你知道么我真的怕死了。在美国怀孕六个月以上不可能堕胎的，任何情况都不可能。那段时间我每天都在数日子，我每天都在想要是他能死在我肚子里该多好，可是我又每天都在想我真想看看他，哪怕他是个妖怪我也想好好看看他。我每天都在想我一定是在做梦，说不定他根本是个健康的孩子，说不定医生给我的诊断书根本就是梦里发生的事情，不是每天都在想，是每分钟，真的是每分钟——"她深深地吸气的时候整个人都在抽搐。我听着，听着，紧紧地托着她的头，像是要把她滚烫的头颅深深地按进我的胸口里面，代替我那颗跳得乱七八糟的心脏。"西决，有好多次我都想告诉你,可是我说不出口,就是在那段时间,我老公开始疏远我的,我恨死他了,我恨不得杀了他西决——"

"我问你,"我压低了声音,"你只告诉我一个人,你说实话,孩子身上的不是胎记,是伤,是你弄的,对不对?"

"你什么都知道,你什么都知道了。"

"好好听我说。"我的脸轻轻地贴着她的耳朵,"我不会允许你去打那种官司的,更不许你站在法庭上撒谎。你这次回去,签字,离婚,什么事情都不要再纠缠。那笔钱是你该得的。你要是愿意,就把郑成功交给我。我的意思是,正式地交给我。我带着他长大,我来照顾他一辈子直到我死。我不会放弃他,哪怕他智商低我也会想尽办法教育他。你放心好了,他不会妨碍你,你要是遇上合适的人就放心去结婚,你愿意走多远就走多远,这个孩子会留在龙城跟着我长大成人,不会给你添任何麻烦,行吗?"

"你胡说些什么呀西决!"她诧异地从我怀里挣脱出来,"你还这么年轻,你想被拖累一辈子吗?你以后是要结婚的,你会有你自己的生活。我不可能让你为了我做这种事情。"

"我不会结婚。"我斩钉截铁地说,"我答应你。如果真的是为了他我可以不结婚。他就是我的孩子,我们俩可以相依为命。你不相信我能做到吗?"

"为什么呀?"她的双手细细地、一点一点地抚摸我的眉毛,我的颧骨,我的脸颊,柔情似水,"为什么你不会结婚?就因为陈嫣?就因为江薏?傻瓜,日子还长着呢……"

我微微一笑,逼近了她的脸庞:"这笔账我还没有跟你算。你早就知道陈嫣是唐若琳了吧,其实南音当时没有说错,你的确是在等着我和陈嫣没有好下场;明明知道江薏有老公你还是要故意撮合我和她。

你根本不希望我顺利地找个女人永远和她在一起——其实我大学时候交的第一个女朋友也是被你拆开的,别不认账。你存心不想让我过好日子,对不对?"她的大眼睛在我的面前悸动一般地闪烁着,泛起来的泪光就像是蜻蜓透明的翅膀。"说呀!"我摇晃着她,"你敢做为什么不敢当?"

"对!"她哑着声音,小声地嘶吼,"我就是不让你好好过日子。你折磨了我这么多年我凭什么要让你好好过日子?"

"你凭什么那么狠?为了你我什么都能做,你还不知足吗?"我用力地扯了一下她那把厚厚的、垂在腰上的长发。她的脸庞就跟着我用力的方向那么一仰,她不挣扎,只是紧紧咬着嘴唇。

"谁叫你当年不跟我去新加坡?"她不依不饶地盯着我,嗓音听上去越来越哑,"只要你那个时候肯说一句好,只要你肯点个头,我说什么都会去做那个亲子鉴定……"

"我早就告诉过你了,"我慢慢地说,"不管那个鉴定的结果是怎样的,不管你是不是大伯的女儿,都一样,在我心里你我永远都是姐弟,在这个家里我们也必须永远做姐弟,我永远都不可能忘了你是我姐姐,这跟血缘不血缘的根本无关,你不懂吗?你有没有想过,为什么你爸爸说了这么多年你是个野孩子,可是从来都没真的带你去做过鉴定?为什么你妈妈一口咬定你是这个家的孩子不许你去鉴定?因为结果一旦证明了你真的和这个家没有关系,他们俩就完蛋了,你知道什么叫完蛋吗?还有你自己,若是你真的那么想知道结果,偷你爸爸一点头发根本不难,可是你一直都没有去做。为什么?其实你也害怕知道答案,你为什么不敢承认?"

"我想杀了你。"她简短地打断我,"我恨你这副什么都知道的样子。是,我也害怕知道。可是我也一样半信半疑了这么多年,就允许自己半信半疑地存了这么多年的幻想——这笔账,我又该去找谁算?"

"我可以为了你做任何事情,你要我说多少遍你才能明白?"

她凄楚地长叹了一口气,突然笑了一下:"为了我做任何事情?你好大的口气哦。那你知道我吃了多少苦吗?西决,你怎么可以眼睁睁地看着我吃这么多的苦呀。"

我紧紧地抱住她。我听见我的身体里刮起一阵狂风,它尖锐地呼啸着,穿透了我的身体,穿透了我的视觉跟听觉。那就是岁月吧,我知道的,那一定是多年来,疯狂地沉淀在我身体里的岁月。

她笑着对我说:"你比我小三岁,所以这碗羊汤我让你先喝三口,记住了,只能喝三口,剩下的你就要和我平分了。"我默不作声地拿起汤匙,默不作声地盛起所有碧绿的芫荽。我不准备让她知道我看出了她的诡计——那是什么时候的事情?从那么多年前起,我就什么都不准备让她知道。

那是哪一年?是我们刚刚长大的时候么?我只记得那天下着很大很大的雨。电闪雷鸣的窗外让我觉得天和地在合作酝酿一个阴谋。她的长发染成紫色的,卷曲着散下来就像是神话里的水妖。那一天她对我说:"和我去新加坡吧。"我不知道新加坡究竟是个怎么样的地方。我只知道那是远方。我只知道我面前的这个女人不过是需要抓住一点永远也不可能得到的东西,借着追逐所有的"不可能"来活下去,燃烧着所有绝望的希望来活下去。

我们其实为彼此而生。所以上天安排我们成为亲人,不允许我们是别的关系。这和血缘根本无关,她不会懂。她永远不可能像我一样洞悉很多事情的秘密。她太任性,太自私,太糊涂,太莽撞。她其实是因为这任性自私糊涂莽撞才美丽妖娆的。所以我才必须为了她在这艰辛的人世间赴汤蹈火。因为我别无选择。因为她值得有人为了她这么做。

"西决？"她的声音似乎来自我的胸腔，"叫我。"

"姐姐。"

"叫我。"她抬起头，看着我，目不转睛。

"姐。"

"叫我。"

"东霓。"

"你知道吗？"她的笑容美丽绝伦，像是在灿烂的艳阳下那样闪闪发亮，"你哭了。"

这就是我的秘密。这就是我藏得最深的秘密。我曾经把它埋在某个岁月深处的荒冢，然后我以它为起点开始拼命地往前跑，拼命地跑，我不知道我跑了多久，反正那因为奔跑而带起来的疾速的风声已经永远地存在于我的梦境里，和我的灵魂相依为命，我一闭上眼睛就能听到它们。但是有一天我突然觉察到，我沿着它狂奔的这条路，是环形的。

我想，那个名叫麦哲伦的家伙真是可怜，他航行了那么久，他本想去一个无边无际的远方。可是他发现他所能到达的最远的距离原来就是最初的地方。所以他写了一本书告诉世人我们生活的地球是圆形的，只不过是为了遏制绝望。

从阳台上回到屋里的时候我才发现，郑成功不知道什么时候醒了。他居然没有哭，安静地待在婴儿床里，脸冲着落地窗的方向。

"你能保守秘密，对吧？"我在心里这样问他。

他胸有成竹地看着我，啃着他的小拳头。

第十二章
我迷恋北方

2007年的最后一天,我们知道大伯死了。不过一切发生得都很平静。他就像我们的爷爷一样,死于睡梦中。我不知道在那个最后的瞬间,我是说,在一片黑暗的沉静之中,"睡眠"干净利落地切换成"死亡"的那一刻,到底有没有声音。我相信如果有的话,大伯一定能听见。他最终的表情很安详,甚至有种怡然自得的神色。让人不由自主地怀疑,是他自己亲手按下"睡"和"死"之间的 Shift 键的。

发现这件事情的人是三婶。

那天早上,三婶像平时一样,打电话到他们家问候大伯的情况。是大妈接的。大妈接起来以后,很平静地说:"他挺好,一切正常。不过现在还没醒。不和你说了,我要去买菜。我得赶在他醒来之前从菜市场回来。"

快要中午的时候三婶打了第二个电话,因为三婶想问问大妈愿意不愿意来我们家吃除夕的晚饭,大妈的语气一如既往地平静:"不了。他今天可能精神不大好,到现在都没有醒。我们晚上就在家里吃了。反正阳历年的除夕,又不是春节,没必要那么隆重。"

放下电话的时候三婶沉默了一会儿,然后果断地上去推三叔:"走,你去穿衣服,咱们现在去他们家。"三叔很不情愿地放下他的《龙城日报》:"你又发什么神经。"三婶一面围上围巾,一面说:"我说不上来,但是我觉得不对劲。你就听我的吧。快点。去拿车钥匙。"

事实证明,三婶是对的。三婶那种不可理喻的直觉常常是对的。

后来我们四个人一起去了大伯家。"全都来了。"大妈来开门的时候眼睛亮了一下,意外地,笑得很热情。

他们家居然窗明几净。我的意思是说,跟我上一次来的时候比,算得上是焕然一新。大妈把沙发套、窗帘,还有靠垫都换成红色系的:玫瑰红,橘红,或者是铁锈红。屋里弥漫着一股水仙花的甜丝丝的芬芳。

"好冷。"南音缩了缩脖子。窗子大敞着,12月的北方朔风毫无顾忌地长驱直入。"我刚才是为了通风。"大妈微笑着把窗子关上。

"坐呀。"她招呼我们,"喝茶吗?"

然后她指着沙发对三婶说:"你看看这个颜色好看不好看?我觉得这种花纹挺特别的。你猜我是多少钱买的——特别便宜,你绝对想不到。"

三婶说:"好看。我们就是出来逛街,顺便过来看看——你在哪里买的,我也去瞧瞧。"三婶的神色越来越不自然了,眼神也略微地僵硬。

我们四个人局促地在沙发上排排坐,大衣都没脱,像是进了老师办公室的小学生。

然后大妈就去厨房端出来几杯热气腾腾的茶。每只茶杯口都有或深或浅的裂纹——那是她和大伯往日刺激生活的证据。"你不用忙。我们真的坐一下就走了。"三叔连忙说。

"那怎么行?"大妈捋了捋头发,"你们难得到我这儿来。"然后她像是沉吟了一下,"等着,我去洗点水果来。"

"大哥他——醒来了么?"三婶问。

"醒了。"大妈点头,"我喂他吃了点粥,他刚刚又睡着了。"大妈笑了,笑得柔情似水,"这一觉算是午觉了。要是他现在醒着,我就能把他推出来跟你们见见面。他现在其实特别喜欢家里有客人来,像小孩一样人来疯。你们说话他全能听懂的,就是接不上茬——"

"对的。"三叔胡乱接了口,"天气冷的时候人就是没有精神,容易犯困。"然后他的眼光悄悄移到三婶脸上,他们用同样的表情对视了一眼。

大妈在厨房里拧开了水龙头,"哗哗"的水声传出来。

"哥,"南音捅了捅我,指着茶杯小声说,"你尝尝,是苦的。"她做了个鬼脸,"太浓了,浓得发苦,苦得像中药一样。"

"那你就不要喝了。"三婶的声音微弱得都有点发颤。

我端起南音的杯子尝了一点,舌尖顿时苦得发麻,让我怀疑这杯茶是不是用两公斤的茶叶泡出来的。

"大妈,"南音站起身子,脸朝着厨房里,"我不喜欢喝茶,我可不可以喝点橙汁?"

"当然可以。"大妈的声音愉快地透过水声传出来,"不过没有橙汁,有葡萄汁,你自己去冰箱里拿吧。"

"噢。"于是南音走向了客厅另一侧的冰箱。

"南南,"大妈的语调亲切,"你喜欢不喜欢大学?"

"还行吧。"南音有点困惑地挠了挠头。

"我就最羡慕能念大学的人。"大妈笑了,"可是我自己没那个福气,也养不出来能上大学的孩子——你姐姐要是有你一半争气就好了。"

"你这是说哪里的话。"三叔赶紧谦虚。

就在这个时候南音打开了冰箱。或者说，冰箱就像一个等待多时的阴谋，迫不及待地在我们面前敞开。冷藏室里空空如也，只有几个根本看不出是什么东西的、乱七八糟的塑料袋。最重要的是，当冰箱打开时，里面一片灰暗，我们谁都没有看见那种应该出现的一小块方方正正的黄色的灯光。我们才注意到，冰箱的右下角延伸出来一段电线，原本是冰箱的插头安宁地躺在地板上。

我再也忍不住，站起身来冲过一段小小的走廊，打开了里面卧室紧闭的门。

握住门把手的那一秒钟，我脑子里闪现过很多恐怖的画面。但是当我真的置身于房间里，才发现，其实没有任何的惊悚，只不过是虚幻。房间内的窗户依然是大敞着，干冷的风把这间屋子变成一个巨大的冷藏室。听见风声的那一瞬间，我耳朵边上响起一阵微弱的、时隐时现的"嗡嗡"声，类似某种昆虫的鸣叫。一片寒冷中，一股非常奇怪的气味扑面而来，令人反胃。

大伯端正地躺在床上，身上严严实实地盖着一床棉被，像个婴儿那样，棉被上方只露出他的脑袋。他的嘴角微微地有些上翘，像是在得意地向我宣布，捉迷藏的游戏结束了。

用不着把手指伸到他的鼻子下面，我也知道发生了什么。

我的身后传来了大妈的声音。她手里端着一盘水果，像是在极力辩白着什么事情："他刚才真的醒过来了。真的。我没骗你们，他刚才醒过来了。"

三叔全家默默地跟了进来。三叔退出去打电话了，三婶对这眼前的一切手足无措。南音呆呆地站在大伯的床边发呆。我走上去，把我的手放在她的小脸上，遮住了她的眼睛。

稍晚的时候，医院的人告诉我们说，大伯应该是走得没什么痛苦，只不过，死亡时间应该是72个小时之前了。换言之，大伯死于三天前。

只是大妈依然一次又一次地告诉我们说，大伯两个小时前还醒来过一会儿，他们还说过话。我们谁都没有办法让她相信她说的话不是真的。

几天后，三叔和三婶给大伯操办了葬礼。

有件事很残酷，但是不得不承认——我们家的人对办丧事可能比较有经验。十几年来，有我的双亲、爷爷、奶奶，现在轮到大伯。三婶有条不紊地安排所有的细节，灵车，鲜花，挽联，墓地，骨灰盒的尺寸以及样式——我天天听着她拿着电话跟各色人等咨询价格，突然觉得，对她而言，安排这件事，恐怕跟给我和南音打点上大学的行装什么的差不多。反正都是要落实一个个的细节。而且，我们的确是在给大伯打点远行的装备，没错的。我不知道三婶是不是很喜欢这种调度一切局面的感觉，反正我觉得，这个时候她的气色往往比平时要好上很多，脸上益发有种从容不迫的神态。

一片忙碌之中，还必须确定仪式过后的丧席的地点、价位，以及宾客名单。在这件事情上，我们中国人的智慧无与伦比——有人离世也是大事情，也要吃吃喝喝——任何事情，一旦用宴席的方式来表达，就莫名其妙地多了温暖和亲切，更准确地说，就变得自然而然了。在三叔和三婶确定来客名单的过程中，我和南音听到了很多的精彩对白。大致都是围绕请一个人或者不请，牵扯出来非常多的关于往日的恩怨——准确地说应该是往日的八卦，最遥远的纠葛恨不能追溯到抗日战争刚刚胜利的时候。很多次南音笑得就像是在听相声。然后又觉得在这种时候不应该笑得这么肆无忌惮，于是这个小丫头又在转瞬间做出一种凝重的表情以示沉痛。——其实我觉得，大伯若是真的像大家说的那样，灵魂还没能走远的话，听到南音这样的笑声，心里会高兴的。独自存在于我们上空的大伯一定会想起很多年前的画面，他轻而易举地把小小的南音举过头顶，然后爽朗地说："南南，你知道吗，天上的那些白云就是这里的烟囱送上去的。""真的呀——"南音又惊又喜地欢呼。

现在我们只需要记得这些事情就好了。只需要记住会做云的烟囱。至于另外的一些事情，比如爆炸的暖水瓶，比如南音弄湿了的倒霉的小裙子，我们都愿意忘掉。

大伯，你现在是不是真的要去制造云了？你是不是真的被派到某些属于天神管理的工厂去制造云、制造晚霞、制造月光什么的？只是我不知道，你在另一个世界是以什么样子出现的，是你生病以后的样子，还是你一拳打倒情敌的时候那副最精彩的模样呢？算了，这不是我们活着的人该操心的事儿。

大伯出殡的前夜，按照龙城的习惯，亲人们是应该通宵守灵的。按道理，灵堂是应该设在大伯大妈家里。可是——这些天以来，我们和大妈交流起来都有一定程度的困难。于是三婶只好把大妈接来和我们一起住了，并且乐观地认为一切都是暂时的，大妈终究会好转。

守灵那夜，家里热闹得像是傍晚六点半的麦当劳。有一些平时走动很少的远亲都来参加守灵。午夜时分他们甚至在三叔那间堆满了设计图纸的小书房里支起了一桌麻将。大妈就是在最嘈杂的时候沉沉入睡的，似乎外界的一切都和她毫无关系。郑南音像个灰姑娘一样，围着一条旧围裙在厨房里为所有人煮汤圆做夜宵。——话虽如此说，其实她只是看着水开了以后，把汤圆的袋子拆开，把它们全体倒进去，至于剩下的事情，比如到底要煮多久，比如什么时候捞出来，她就不管了,她理所当然地认为那是该交给别人操心的事情。不过她还是舍不得摘下围裙——因为她很满足这个灰姑娘造型。她中气十足地冲着临时的麻将屋里说:"你们要抽烟的话得把门关上,我们家里有孕妇!"陈嫣端坐在客厅里,微微一笑,骄傲地抚着她庞大的肚子。

小叔愣愣地坐在陈嫣身边,看上去惶恐得很。他像是家里唯一一个没法坦然接受这个噩耗的人——我的意思是说除了大妈,就是他了。他仿佛在几天里消瘦了不少,深陷在柔软的沙发里,眼中红红的都是血丝。跟他说话,他总是看上去很顺从地点点头,心思不知道游离在什么地方。"小叔,你要吃黑芝麻馅的汤圆,还是红果馅的?"南音问他。他照旧脾气很好地点点头,完全不知道这是一个不能用"是"或"不"来回答的问题。"你根本就没有听我说话嘛!"南音急了。小叔照旧,非常顺从地对南音点了点头。

我注意到了,三婶和陈嫣交换了一个非常默契、非常无奈,但是非常温暖的微笑。

三婶坐下来,拍拍小叔的手背:"你不如就当我们家的人全都分散在两个地方。我们在这边,他们去了那边,都能相互扶持着,虽然咱们不能大团圆,但是哪边都不孤单。你这么想,心里就好受多了。"小叔如梦初醒地抬起头,看着三婶,脸上的表情简直称得上是"委屈",他说话又犯了结巴的毛病:"不是,你、你不明白,我只是在、只是在想,他这一辈子活得那么苦,他那么苦——"

"我明白。"三婶长叹了一声,"我怎么会不明白。他那么拧的一个人,怎么可能活得顺利?"

"不是的,我不是——"小叔脸涨得通红,"我说的不是那个意思。"他迟疑了一下,终于吞吞吐吐地说,"有件事情你们都不知道——他只和我一个人说过。他真的太不容易了,那时候——"小叔有些紧张地环顾四周,像是要确信大妈不会从他身后突然冒出来。

"那是1981年春节,我那时候才上初中,西决还在二嫂肚子里——"小叔也许是觉得现在没有保守秘密的必要了,"我记得那天,他喝醉了——他就和我说,和我说——当时大嫂为了能够调回龙城来,和一个他们厂里的头儿——你明白我的意思吧?他还说,他说东霓很可能——反正你知道这个意思的,说着,他就哭了,那是我第一次看见他哭——我当时吓傻了,他一个劲儿地要我保证不跟任何人说——我,不过我撑到了今天才说也算对得起他了——"

"天哪——"陈嫣倒吸了一口冷气,很明显,兴奋过度。

三婶同情地看着小叔:"你不会是真的以为,只有你知道这件事吧——"

这下轮到小叔倒吸一口冷气。

"我们都知道。"三婶宽容地微笑,"我知道,南音她爸知道,西决爸爸妈妈在的时候也都知道。这种事情总是这样,不知道怎么搞得,大家全都知道。可能不知道的人,也就是这几个孩子。过去的事情不再提了,大家都吃够了苦。东霓一直跟着我们长大,从小就吃我做的菜;上小学的时候跟同学打架,我当时怀着南音,挺着大肚子去学校见老师;她考砸了的卷子都是我签字,穿耳洞感染了是我带着她去医院;她第一次出远门去新加坡,也是我给她收拾行李——你说,东霓她还能去做谁家的孩子?……"

客厅里出现了一片短暂的寂静,耳边只听见麻将忽远忽近的那种"哗啦啦"的声音。

郑南音从厨房里探出了脑袋,冲我摆手:"哥,你过来,过来。"

三婶立刻跟大家递了个眼色,于是陈嫣马上转变了话题,开始和三婶讨论丧席上派谁去收礼金。

厨房里,南音羞涩地掀开了锅盖:"你看,这要怎么办?"

她把一锅黑芝麻汤圆煮成了黑芝麻糊。绝不夸张,我眼前看见的是一锅灰灰黑黑的糊状东西,绝对看不出它们上辈子曾经是汤圆。

"我忘记了要煮多久,我就想着多煮一会儿应该没关系吧。结果——它们就变成这样了。"南音无辜地睁着大眼睛。

我恶狠狠地瞪了她一眼:"还能怎么办,倒掉重新煮一锅算了!这玩意儿还怎么吃?你是不是猪啊。"

"不用就这么倒掉吧。"南音委屈地拖长了声音,"那不是浪费粮食嘛——不然这样好了,我重新煮一锅给大家吃,这个——这个其实味道跟黑芝麻糊也差不多——让大伯吃吃看你说好不好——"她的眼睛顿时亮了,"我看这个东西其实跟大伯每天吃的东西差不多嘛,他反正只能吃类似的东西。"

突然间她沉默了,接着她难以置信地笑了一下:"怎么可能?我居然——我居然忘记了。"

"南音。"看着她仿佛受了惊吓的表情,我突然间有点不放心。

她眼里泪光一闪:"哥,你说奇怪不奇怪。我是刚刚才真的反应过来,我再也见不到大伯了。"

"其实,我有时候也会忘。"我伸出手揉了揉她的头发。

天已经快要亮了。窗外的天空,呈现出一片掺着灰的冰蓝色。这世上恐怕再也没有什么比昼夜交替时候的天空更寂寞。

"哥,"南音打开冰箱寻找新的汤圆,她的声音明显比几分钟前沉静了很多,"等一会儿天亮了,你要不要再去东霓姐姐那儿一趟呢?"

"我会去。"我回答,"不过我想,她多半还是不会来的。"

"我们真的不要告诉大家她已经回来了么?"南音有点困惑,"毕竟这是大伯的葬礼呀。她以后一定会后悔的。"

是的，没错，郑东霓在三天前回到了龙城，只不过，只有我和南音知道。她并不打算出现在大伯的葬礼上，她告诉三婶她在美国的签证出了点小问题所以她不能回来给大伯送行，她不准我和南音向任何人透露她的行踪。

她的酒店房间里一片凌乱。郑成功小朋友安然地在这一片凌乱中酣睡。那副胸有成竹的表情看上去比什么人都聪明。

"西决，你这么早就来了。"她开心地对我挥舞着手上的几张户型图，"今天陪我去看房子好不好？其实我一天也不想在这个鬼地方住了。我们郑成功都不喜欢这里，一到了晚上就哭——"

"今天你爸出殡，你不会不记得。"我简短地打断了她。

"那又关我什么事？"她做出一个无辜的表情，接着嫣然一笑，"回来的机票是我上个月前就买好的，我那个时候可不知道他什么时候死。"

"郑东霓，大妈现在的状况很不好。我们其实都担心她是不是受了太大的刺激，精神有点不正常。她把你爸爸的尸体在家里放了三天，硬说大伯还醒来跟她说过话。你真的应该去看看她。"

"哈！"她扬起眉毛，短促地笑了一声，"这倒是很符合她的一贯作风。"

"郑东霓，现在换套衣服跟我走是来得及的。"

"别烦我。"她颓然地扔掉那几张户型图，歪在沙发上蜷曲着身子，寻找她的烟盒。

"我跟你说过一百次。"我忍无可忍，"跟郑成功同处一室的时候你不要抽烟。"

她以同样的、忍无可忍的神情瞟着我："对我儿子来说，最痛苦的麻烦事就是长寿,所以我不在乎。"

"郑东霓,大伯活着的时候其实很想念你。"

"郑西决,"她疲倦地托着腮,"你可不可以饶了我。"

几天来,我们的谈话总是这么结束。

最终我们顺利地办完了大伯的葬礼。唯一的一点麻烦就是,三叔和三婶需要一遍一遍地向各色人等用夸张的修辞解释郑东霓缺席的原因。大伯被另外一管用来制造云的大烟囱送到了一个好地方。在那里,说不定他可以见到所有想见的人,可以释怀所有不能面对的事情;说不定他可以把往日的屈辱和不安写成歌词,终日歌唱,直到他发现他最终做得到原谅自己;说不定他可以随意地剪裁时间,把那个一拳打飞情敌的自己做成一个壮美的铜雕,取名"青春",可以供人欣赏,但是供自己忘却,因为那其实也不过是些纷乱的幻象,因为非常美和非常丑的东西本质其实相同,都起源于奢望。

大伯,请你保佑郑东霓。请你不要怪罪她。她毕竟经受过了太多不应该经受的苦难,毕竟前面还有那么多忍不完的苦难在等她。她一直都记得,你曾经带着她,去看世界上最纯粹的火树银花。其实在她心里,你一直都是个英雄。你曾经优美地在黑暗里奔跑,捡起来被后羿射死的太阳,把它们熔化,你汲取了它们的力量来捍卫自己的激情,和你美丽绝伦的情人。大伯你要知道,她比任何人都难以忍受你的英雄暮年,你的穷途末路。她恨你,是因为你的陨落。请你一定要相信我。

我站在大伯的遗像前面,最后一次鞠躬。

郑东霓的新家位于龙城南端的科技园附近,一个很漂亮的新小区,她站在18楼上可以随心所欲地凝视护城河的缓慢流动。

很大的房子，对于一个女人和一个婴儿来说，过分空旷了点。客厅里可以打羽毛球。她的家具很少，因此这个地方更是让人有种长驱直入的错觉。虽然是新装修好的，也会莫名其妙地产生刚刚被洗劫一空的印象。

她依然美丽，可是她整个人就像这所房子一样，不容分说的萧条。搬进来的第一天，她扔给我和南音一人一把钥匙，懒洋洋地说："想带男人或者女人过来的话，随时都可以。"然后她就抱紧了膝盖，端坐在空旷的客厅的地板上。自从她这次回龙城来，这个姿势就变成了她最常见的姿势。她常常可以一个人在地板上呆坐上四五个小时，甚至更久。阳光无遮无拦地笼罩她整个身体，然后一点点偏移，再然后就完全离开她，她似乎无所谓，好像变成了这间房子里一个不慎被摆在正中央的瓷器。

我说："你是怎么打算以后的？"

她说："我想我这辈子都不会再离开龙城。"

我说："还有呢？"

她说："休息一段时间，再去找另外一些男人。"然后似乎为自己简洁的幽默感娇憨地一笑。

我说："你总得常带着郑成功去晒晒太阳。"

她一言不发，静静看着我，好像我说了句蠢话。

我说："我们带郑成功一起出去吃饭？"

她说："我懒得站起来。"

我说："那你想吃什么，我去帮你买。"

她说："不用。你听说过会有人懒得吃饭么？我就是。"她笑了，"我一想到从客厅到厨房的冰箱要走那么多步，就马上不饿了。"

我说："你至少可以打电话叫外卖。"

她说:"我懒得拨号,关键是,我一想到我要从这儿站起来,去卧室找我的钱包,给送外卖的人开门,付钱,再把钱包放回去——这个程序让我觉得头大。还是算了。"

我说:"这样下去你会完蛋。"

她说:"我知道。今天早上我发现我家里一点钱都没有了,可是我怎么样也鼓不起勇气来下楼去 ATM 取钱。你来得正好,帮帮我,行不行?拜托了,去我钱包里拿那张民生银行的卡,别搞错了,那张卡的密码是你的生日。"

郑南音错愕地站在一边,看着这个荒谬的场景。

我们两个人下楼取钱的时候,南音认真地跟我说:"哥,我觉得咱们得带她去看看医生。"

"应该没有那么严重吧。她只是心情不好,可能过一段日子会好的。"我叹气,"咱们只能多照顾她。这些天学校里快要期末考试了,我很忙,你多来看看她,她家里缺什么东西你就帮她买——"

"不是的。"南音用力地摇头,"我觉得不对劲。哥,你以前有没有注意过,郑成功身上到底有没有胎记?"

我顿时觉得脊背上寒冷刺骨。

"你是说,脊背上?"我干涩地问。

"不是。腿上,右腿的小腿肚子上。"南音狐疑地眨眼睛,"我不确定郑成功身上有胎记。昨天,我一个人来看她的时候,她就那么一个人坐在地板上。我进门的时候就听见郑成功哭的声音。可是她一动不动。她说,没关系的,让他哭一会儿他自然就不哭了。然后我就去抱郑成功嘛——我就看见郑成功的小腿上有三个紫色的印儿。她说那是胎记,说得那么平淡,可是不知道为什么,我就是觉得——"

我转身朝郑东霓的家飞奔而去,毫不犹豫地,把郑南音甩在身后。

从我不顾一切的眼光看过去，整条街的景物呈现一种萧条的快感，我清楚地听见自己的奔跑带起了身边的一阵风，久违了的感觉。唯一的不同之处是，今天，笼罩我整个人的，是一种庞大得让我羞于启齿的恐惧。

我慌乱地开门的时候，就听见了郑成功尖厉的哭声。那哭声真切地穿破了钥匙碰撞防盗门的零落声响。我甚至弄不清楚那扇门究竟是打开的，还是被我撞开的。郑东霓以刚才的姿势坐在地板上，像抓一件衬衫那样抓着郑成功的肩膀——或者说，起初我真的以为她是在逆着阳光抖动一件衬衫。她抓着小小的郑成功，逼近他的脸，嘴里不疾不徐地重复着一句话："你再哭，你再哭——再哭我就掐死你你信不信——"声音不高，语调甚至是温柔的。

我全身的血液顿时涌上了脑袋。我记不清我是怎么扑上去、怎么把郑成功从她手上夺回来的，也记不清郑南音什么时候气喘吁吁地出现在屋里，记不清我自己如何把郑成功交到目瞪口呆的南音怀里。我只记得，在南音接过郑成功的那一刻，我看见了郑成功露在婴儿装外面的肩膀上，又多了几个青紫色的圆圆的印记。和我以前见到的一模一样。

我只记得我捏紧了郑东霓的下巴，她甚至不挣扎，只是含着泪惊愕地看着我。我听见自己问她："你答应过我没有，你不会再这样对他？"她的嘴唇被我的手指挤压得变了形，微微地蠕动着，却发不出声音。"说！"我冲她吼，"你答应过我没有？你还有没有人性啊！"

"你们这些讨厌自己孩子的女人全他妈该死！"我的手掌毫不犹豫地落在她脸颊上，她无声地、倾斜地倒在地板上，像棵被拦腰砍断的植物。

"哥哥——"我听见南音悲怆的声音。

时间和空间是在旋转中归于沉寂的。沉寂就意味着，我意识到我做了什么。郑东霓静悄悄地看着我,有一股血从她的嘴角流下来,她很随便地用手一抹,这样她的整个下巴都变红了。她脸上没有任何表情,她的眼神像个被吓坏了的孩子。

我不安地扶住她的肩膀,轻轻晃了晃:"郑东霓?"

她慢慢地摇头。"我不相信。"然后慌乱地笑了笑,"怎么会呢?你刚才的那种语气,那种表情,怎么那么像、那么像我爸爸——"

我抱紧了她。我无地自容。

"姐,我不是有意的。"我的声音听上去很奇怪。

她的眼泪汹涌而出,她说:"我知道。"

南音就是在这个时候可怜巴巴地凑近我们,然后,抱着郑成功钻到了我们俩之间,我们四个人于是紧紧地抱在一起,分享彼此的眼泪、血液、力量以及体温。

"哥哥,姐姐。"南音小声说,"你们不要打架。"

郑成功似乎非常快就恢复了好心情,我们的耳边充斥着他愉快的外星语言。我依稀记得,上一次,我们三个人这样亲密无间,应该是很久很久以前了。那天我翻墙进去南音的幼儿园,把她偷出来,郑东霓在外面等着我们,然后我们三个人一起逃跑。我已经不记得我们为什么要那么做,好像仅仅是因为南音不喜欢去幼儿园。总之,"逃亡"的路途上,我们三个人也曾这样紧紧地依靠在一起,坐在公园的长椅上。那时候我才九岁,可是我的身体里就像现在一样,紧紧绷着很多根微妙的弦。这些弦在空气中轻轻一颤,我就满心凄凉。现在我才知道,原来,那就是相依为命。

我和南音把郑成功带回了家里,暂时交给三婶——大妈在丧礼结束之后就固执地搬了回去。于是三婶的生活又多了一项极为重要的

内容 —— 据说一般的婴儿在郑成功这么大的时候就会爬行了,可是郑成功不会,郑成功甚至连坐都坐不稳。三婶顿时认为自己责任重大,开始想各种办法训练郑成功坐稳。每一点点微小的进步都能让她心满意足,整日喜滋滋地说,明天你一定要告诉东霓,小宝贝如此如此,这般这般……

郑东霓依然像是一株寄生在她的房子里的植物。

我说:"你该给这个地方装个固定电话了。"

她说:"我才不要。"

我说:"和我回去见见三叔三婶吧。"

她说:"帮帮忙,西决,我连下楼取钱都没有力气,你发发慈悲好不好。"

我说:"这周我们带你去医院,去看心理门诊,你不去也得去。"

她却说:"西决,你知道不知道 ——"她停顿了片刻,"骨灰能不能做 DNA 测试?"

我说:"好像不行。"

她静静地问:"为什么?"

我回答:"DNA 测试需要有机物,比如血液、头发、肌肉,可是骨灰是无机物,没法提取的。"

她脸色惨白,眼神涣散地微笑:"你确定么?"

我反问:"你希望能测? 还是不能测?"

她笑了,她说:"我不知道。"

然后她的脸色越来越白,接着她开始发抖,她说:"我现在总是这样,突然间就觉得困了。"

她紧紧地蜷成一团,枕着我的膝盖,那表情像是在等待宣读刑期那样,等待着睡眠的降临。

"西决,"她的声音轻得就像耳语,"我爸爸死了。"

我说:"我知道。可是你要好好活着。"

"为什么呀。"她的胸腔剧烈地起伏着。

"为了郑成功。为了你妈妈。他们都需要你。"

"还有更有趣的事情可以吸引人活下去么?"她甜蜜地微笑。

"更有趣的事情——"我想了想,"有。你一直都有的嗜好。你喜欢拆散我和我的女朋友,你得好好活着,养精蓄锐,才有力气耍阴谋,一次又一次地破坏我的好事。这算有趣的事情么?"

"这件事好像稍微有趣一点。"她怡然自得地闭上了眼睛,"西决,我累了,我累得都——都打算原谅所有的事情了,你说夸张么?"

"太夸张了。这一点都不像郑东霓。"

"西决,我是个好人吗?"

"你不是。"我斩钉截铁。

"和你比,没有人是好人。"她的手指轻轻地扫着我的脸颊,"你要答应我西决。你永远不要变成坏人。如果有一天,我发现连你都变成了坏人,那我就真的没有力气活下去了。"

"永远不要变成坏人。"我微笑着重复她的话,"你们这些坏人就是喜欢向别人提过分的要求。"

"真的呀。"她不好意思地把自己蜷缩成更小的一团,她口齿不清地说,"西决,我已经告诉你了吧。我爸爸死了。"

"是,你告诉我了。"

"西决,我恨他。"

"可是他很想念你。"

"为什么呀——"她像个孩子那样揉了揉眼睛,困惑地问。

"因为你走得太远了,他知道你再也不会回家。所以他只能想念你。"

"现在他真的只能想念我了,因为他死了。"她的声音近似呓语,"你知道的对不对,我爸爸死了。"

"我知道。"我紧紧地搂住她,"我还知道,你也很想他。"

"为什么呀。"她像是在唱童谣那样,一唱三叹地重复着"我爸爸死了"和"为什么呀"。

我不记得那天我回答了多少个这样的"为什么"。后来,她终于睡着了。她让自己沐浴在温暖的阳光下面,睡梦中嘴角微微上翘。于是我知道,等她醒来,她就能熬过来,她一定可以熬过来,然后,好好地活着。

第十三章 北北

三叔的客厅里多了一张放大了的彩照。那是我们在2008年的大年初二拍的，挂在雪白的墙壁上，每个人的笑容都很明显。坐在正中央的就是三叔和三婶。三叔不大擅长拍照，面对镜头表情总是显得拘谨。不过这张算是不错的。三婶看上去很漂亮，她的同事们都说，这张照片上的她一点都不像一个四十八岁的女人，三婶于是心花怒放地把这张照片拿去放大，挂在客厅里，好让以后的客人们都能这样称赞她。三婶怀里这个穿着深蓝色婴儿装的小家伙就是郑成功小朋友。三婶连日来的训练成效显著，他现在笃定地坐在三婶的膝盖上，依然是那种看似在思考的严肃眼神，一副坐稳江山的满足。三叔的左边是小叔——本张照片的摄影器材是小叔提供的——那段时间他莫名其妙地迷恋上了摄影，于是就在网上买了一个很专业的数码单反相机——价格人民币8500元整，这个相机在小叔和陈嫣的婚姻里有着里程碑的意义——为了它，他们俩第一次大吵一架。陈嫣怒发冲冠地坐在这个客厅里向三婶控诉小叔是多么不靠谱。南音不屑地小声说："废话。小叔要真的是个靠谱的人，也不会娶她。"照片上三婶的右边就是陈嫣了，骄傲地挺着她庞大的肚子，胖了很多，但是她自认为自己美丽得不得了。我正是在这场围绕着相机的争吵中确定了，她现在过着幸福的生活。很好。她以一种我们当初谁都没有想到的方式，深深融入了这个家的血脉，不可分割。

介绍完了照片的前排，后排的自然就是我们三个。左边的，不用说是郑东霓。家里的男性客人见到这张照片时，十有八九，眼光都会在她身上小心翼翼地停顿一下。几个月以来的煎熬让她消瘦了很多，不过她的精神倒是在恢复。虽然她的笑容现在总是有种很脆弱的绚烂，但是无论如何，她总算常常微笑了。中间的这个是我，没什么可说的，我一直都是个乏善可陈的人。我的右边自然是郑南音公主殿下。她脸上这副硕大的黑框眼镜让她看上去更像个兔子——因为拍照片的那一天，她不慎把自己的隐形眼镜掉进了下水道，没有办法只能以这种形象出镜。不过她的笑容依然由衷地甜蜜——仔细看看就会发现，她的眼睛多少有点偏离镜头，因为她看着的是那个拍照片的人。

帮我们拍照片的人是苏远智——没错，就是那个苏远智。这是另外一个故事了，直到今天我也不大弄得清楚全部经过。若要讲述的话，需要把时间稍稍往前推移一点点。

2008年的春节是在一场接一场的大雪里迫近的。

龙城也在下雪，一夜之间，若是起得够早，清晨六点推开窗子，就能看到一片一望无际的雪地，那段时间，几乎每天的清晨，我都可以在我们楼前那片雪地里，可耻地留下第一串脚印。现在我整日过着早出晚归的生活，因为，2007年9月起，我当了班主任。三年里，我将陪伴同一班学生，我觉得这样很好。

只不过，在学校里，我再也没可能听见郑南音那句夸张到讽刺的"郑老师好"，其实我很怀念那段南音做我学生的日子，不过时光是样不可能回头的东西,郑南音小姐已经是大二的学生了。

1月底,电视新闻、报纸和网络上连篇累牍的,都是关于雪灾的报道。我也只当那是新闻而已。学校里刚刚考完期末考试,放寒假之前有很多事情是我必须要忙的。

我就是在这个时候接到郑南音的电话的,她打到了我的办公室。

"哥,是我。"我的面前摊了一堆成绩表,我丝毫没有觉察出她声音里那种异样的平静。

"南音,应该已经放假了吧,是明天还是后天?"

她说:"已经放假了,不过,哥,我现在在广州。"

这就是我的小妹在今年年初的漫天大雪里创造的奇迹了。她像孟姜女一样千里寻夫,在白云机场取消大部分航班的前一天安然抵达,然后,她就非常顺利地被雪灾困在了广州。她还不如孟姜女,因为她要寻的,是一个已经一年多都不再有消息的前男友。她认为她应该亲自动手,把苏远智从端木芳手里抢回来,然后,她就这么做了。

我当然知道,这一年半以来,她从来都没有忘记他。但是我不知道,究竟是什么东西触动了她,让她决定在一个最危险、最不合适的时候来一场这样的壮举。

"郑南音你活得不耐烦了——"我咬牙切齿,不断倒抽着冷气,"你现在在哪里?"

"我们在火车站。"听她的声音我能想到她喜笑颜开的表情,我当然没有忽略,她说"我们"。于是我知道她成功了,我的小妹总是被上天眷顾着的。

"等一下。"我突然想起了什么,"你上个礼拜跟我借了3000块钱,说是要买新手机,该不会……"

"没错,哥。"她说,"我现在后悔了,我应该多借一点,跟你说我想买新的笔记本电脑什么的,因为我现在也不知道我会被困在这里多久,完全不知道火车什么时候会开,真糟糕。"

在广州的几天里,究竟发生过什么,她不肯告诉我。总之,那个叫苏远智的男孩子终于彻底地输给了她不要命的热情,她掉进黄河也不回头的蛮干,以及隐藏在这莽撞激情后面的小阴谋。

我真的小看了南音。

他们抵达龙城的时候,比火车票上写着的抵达日期,整整晚了八天。虽然南音遭受了三叔三婶的一通狂轰滥炸以及过年期间不准自由行动的惩罚,但是我们大家还算是度过了一个愉快的春节。

寒假即将结束的某天中午,南音非常认真地说,她要请我吃饭。

我自然是料到了苏远智也在场的。

南音特别殷勤地帮我倒上了啤酒:"哥,今天是苏远智的二十二岁生日。"

"那很好啊。"我漫不经心地看了苏远智一眼。他非常自觉地向我举起了他的杯子。

"哥,是二十二岁生日。"南音用力地重复着这个年龄,令我大感不解。

"算了。"她用力地甩了甩头。这个时候苏远智抢先一步说:"郑老师,我和南音,今天结婚了。"

南音恰到好处地补充了一句:"哥哥,男生只要满了二十二岁,女生满了二十岁的话,现在在校大学生也是可以结婚的。"

我还能说什么? 我当时有个错觉,以为我的眼珠子一定从眼眶里弹了出来掉进面前的啤酒杯,但是当我发现我还能清晰地看到南音递过来的那本《中华人民共和国结婚证》的时候,我就知道了,不过是错觉而已。

我恢复语言能力了以后,说出来的第一句话非常卑鄙,我说:"南音,你绝对不能告诉三叔三婶,我比他们知道得早。"

"放心。"她仍然嬉皮笑脸。

若你真的完全不知道该怎么办的时候,接受现实未尝不是好的。

那应该是我这辈子最漫长的一顿午餐。看着眼前的郑南音和苏远智,不知道为什么,耳朵似乎总是不能立刻捕捉到他们的谈话,脑子里最清晰的全都是南音小时候的事情。

有一次我故意躲起来吓唬她,她果然上了当,站在正午的太阳里哇哇大哭。南音小的时候哭起来很可怕,像是身上装了个负责哭的开关,开关一旦开启了,如果没有人去帮她从"ON"调成"OFF",她是不会停的。她一边哭,一边执着地寻找我,"哥哥,哥哥——"路过一个垃圾箱的时候,她极为不放心地踮起脚尖往里面看了看,似乎认为我会待在那里面。

现在她就坐在我的对面,她变成一个明眸皓齿、亭亭玉立的——小新娘。只是有什么东西在微妙地变化着,我记得那个时候,在学校里看到她和苏远智并肩行走的样子总是让我火冒三丈。因为南音那个时候的表情根本不像是在走路而像是准备跳火坑。可是现在,当她真的义无反顾地跳进了人生最大的火坑的时候,她脸上的神色反倒坦然。坦然,并且平淡。

苏远智的变化也很大。我自然是永远忘不了当初他那副被自我膨胀支撑起来的从容不迫。一副小人得志的样子着实令人不齿。可现在,我不知道这一年半里他经历了什么,一定是经历了一些东西的——至少经历了闪电结婚,他说话的方式、看人的眼神,包括全身上下倒是没了那份人工气息非常浓的淡然,卸去了那层伪装后我才知道,他在很多时候都是腼腆的。不是特别善于言辞,反倒多了些可爱之处。

然后他们不经意间对看一眼，相视一笑。

在这个年节的气氛还没散尽的餐馆里，眼前这个私订终身的南音，让我莫名其妙地有些悲凉。南音，你不知道你自己在做什么。你拼尽了最好的年华里最干净的勇气，你像普罗米修斯那样从你自己生命最深处偷来了只要一点点就可以燎原的激情，你认为你用它们做了一件值得的事情。但是你想听真话吗？你搭上这些最珍贵的东西，把你和你的男人变成了一对最平凡的饮食男女。

话说回来，最珍贵的力量其实只能用来浪费。你不是浪费在这件事情上，就是浪费在那件事情上。

算了，我不准备告诉你这个。你终有一天会发现的。生命的名字叫作徒劳，你越晚知道这个，越好。

白灼虾上来的时候，南音欢呼着夹起了第一只。拿掉虾头的时候，我注意到她有点微微的迟疑。她不喜欢吃虾头，过去她总是习惯性地把虾头交给我这个尽责的垃圾桶。现在她犹豫了，片刻之后终于下定了决心，把这个红彤彤的虾头端正地丢进了苏远智的盘子里。脸色微微一红。

"她从小就不喜欢虾头。"我替她解释着，心里面深深地一颤。

跟着我端起了面前的杯子，对苏远智说："你要对她好。"

苏远智有点慌乱，但是他依然接招了，他语气很坚定地说："当然。"

就在这个时候我接到了郑东霓的电话。"你们赶紧回家吧。"她语气紧张，"三叔三婶他们都在医院，陈嫣、陈嫣她已经进产房了。"

苏远智留在餐馆里买单，我拉着南音的手，跳上了我们看见的第一辆橙色的公车。

"哥哥，"她兴奋地说，"你说郑北北是弟弟，还是妹妹？"

"我押妹妹。"我微笑。

"那我押弟弟。"南音很坚决,"我想要个小弟弟。我才不要妹妹呢!你想,现在我是郑成功的小姨,可是如果郑北北是个妹妹的话,我就不是小姨了,就荣升成了大姨——还大姨妈呢,这么难听。"

我笑着揉她的头发,幸灾乐祸地说:"等着瞧好了,你爸你妈会杀了你。"

她脖子一梗,佯装英雄好汉。

"你们俩的以后,你是怎么打算的?"

"我不知道。反正大学毕业后我就要跟他待在一起,我也不知道我们会去哪里。不过哥哥——"她不放心地看着我,"不管我走到什么地方,你都会在家里等着我的,只要我回家,我就能够找到你的,对吧?"

"当然。"

"那样就好了。"她心满意足地深呼吸。

"可是我还是很想知道,你为什么突然想要把他重新追回来?"

她答非所问:"因为那个时候我总是问自己,如果我哥哥处在我的位置上,他会怎么做?我觉得你会像我这么做的。"

"我在你心里就是这么一个二百五么?"我惊讶。

"你怎么那么笨啊!"南音瞪圆了眼睛,"我的意思是说,如果你是我,就算是背叛了你的人,你也还是会一直喜欢的。既然还是会喜欢,那为什么不让他回来呢?你一定要我讲得这么肉麻么?"

就在这个时候,我的手机又开始不知疲倦地唱歌。郑东霓的声音在另一头兴奋地告诉我,郑北北终于正式来到了这个世界。我们四个人,东西南北,总算是凑齐了。

其实,那不算重要。我只不过是突然想起来,我第一次看见南音时候的场景。那时候我六岁，南音 —— 不到十天。我无比好奇、无比欣喜地站在小小的摇篮前面看着这个奇怪的小秃瓢儿，无论如何也无法相信这个就是"妹妹"。在我看来她就和一只稀罕的小动物没有区别。我伸出手指，扫扫她的脸蛋，她小小的鼻翼有些不满地微微扇动了一下，可是眼睛依然是紧闭着的。那时候我开心得大气都不敢出。"南南 ——"我学着大人们那样叫她，我只是想逗她笑一笑，我那时候不知道她根本听不懂我说话，也不知道不到十天的她还不会笑。

我怀着和六岁那年一模一样的欣喜，想象着郑北北的笑容，想象着整个地球随着郑北北的笑容而绽放，蔚蓝的海洋在天空冲刷流淌，所以白云，才能自由地改变形状。

你问我郑北北究竟是弟弟还是妹妹 —— 不行，南音不让我说。

2008年7月28日　初稿
2008年12月4日　定稿
巴　黎